社会万花筒之中国微小说系列丛书

温暖一条叫温暖的狗

夏 阳 著

中国书籍出版社
China Book Press

图书在版编目（CIP）数据

温暖一条叫温暖的狗 / 夏阳著. —北京：中国书籍出版社，2016.10
ISBN 978-7-5068-5874-8

Ⅰ.①温… Ⅱ.①夏… Ⅲ.①小小说—小说集—中国—当代 Ⅳ.①I247.82

中国版本图书馆CIP数据核字（2016）第246720号

温暖一条叫温暖的狗

夏阳 著

丛书策划	尚东海 牛 超
责任编辑	牛 超
责任印制	孙马飞 马 芝
封面设计	东方美迪
出版发行	中国书籍出版社
地　　址	北京市丰台区三路居路97号（邮编：100073）
电　　话	（010）52257143（总编室）　（010）52257140（发行部）
电子邮箱	eo@chinabp.com.cn
经　　销	全国新华书店
印　　刷	北京一鑫印务有限责任公司
开　　本	787毫米×1092毫米　1/32
字　　数	210千字
印　　张	7.25
版　　次	2017年1月第1版　2017年1月第1次印刷
书　　号	ISBN 978-7-5068-5874-8
定　　价	21.80元

版权所有　翻印必究

总 序

《社会万花筒之中国微小说系列丛书》由中国当代一流微小说（即小小说）作家，一人一册的单行本组成。所选作品，均为作者本人从《读者》《青年文摘》《意林》《小小说选刊》《微型小说选刊》等畅销杂志选粹而来。作品体现了作家在灵光一闪中捕捉到的生存智慧、独特体验、深度发现和特殊情感，文章构思新颖、奇异、巧妙，表现手法敏锐、机智，具有很强的文学感染力和可读性。其中，部分作品被翻译到海外，还有作品入选了国内中小学语文阅读教材或中高考语文试卷。

微小说体量虽小，却可折射大千世界的方方面面，信息量不小；篇幅虽短，却具备小说的全部要素，追求在突变中展现人的尊严、生命的原色和人性的光辉，以风格的独异、思路的奇特和情节的突转，来给人出其不意的一击，于"山穷水尽""柳暗花明"的峰回路转中,凸显"洞庭一叶下,知是天下秋"的独特艺术效果。

从上世纪80年代中期开始,快节奏的现代生活,使读者在工作、学习之外的阅读呈"碎片化"状态,人们在艺术鉴赏中,越来越注意审美经济原则,即以最少的时间获得最多的收获,微小说这种文体,恰好满足了读者这种"碎片化"的阅读需要,从而催生了微小说的迅速发展。

微小说不仅受到普通读者的喜爱,更是受到青年尤其是中学生的青睐。因为通过这套"社会万花筒"丛书的小孔,涉世不深的青少年能够纵览古今、了解中外、开阔视野、丰富阅历、辨别善恶、启迪智慧、砥砺意志,提高社会适应能力和观察分析能力,还可以学到语言运用、结构组织的写作技巧。

伴随着中高考制度改革,中高考作文越来越注重考查学生的想象力、创造力和感悟力,更加鼓励学生关注社会、关注生活。近年来的中考、高考语文试卷基本都有"话题作文",而"话题作文"与微小说十分接近。2000年,陕西一高考考生的作文《豆角月亮》获满分,被曝属抄袭《小小说选刊》的微小说《弯弯的月亮》;2001年,南京高考考生蒋昕捷的《赤兔之死》获得高分,被转发于《微型小说选刊》。

本套丛书作者周海亮的《父亲的秘密》,入选了2008年福建省福州市初中毕业试题和中专学校招生考试试题,《诊》入选了同年度青岛中考试题,《父亲的游戏》入选了

2009年北京朝阳区高三第二次统一练习语文试卷,《战地医院》入选了安徽省合肥市高校附中2009年高三联考语文试题;本套丛书作者尹全生的《朋友,您到过黄河吗》,入选了海南省2005年高考测试试题语文卷的阅读题,《最后的阳光》入选了广东省2007年高考能力测试题,《海葬》入选了广州市天河区四校2009届高三语文上学期联考模拟试卷语文试题的"文学类文本阅读题",《狼性》被更名为《即绝不回头》,入选了2013年南京市中考模式题,等等。

近年来各省市中高考的作文命题中,"话题作文"已成为主要类型。只要学生平时读一点微小说,熟悉这种文体,或者尝试写过这种文体,在中高考时就不会犯怵了。如果头脑中有那么一两个人物、一两个故事,稍稍构思、加工,得到基本分是有把握的。

由此可见,不仅中国读者需要微小说,中国教育特别是中学教育更需要微小说,它是学生受益、教师推荐、教育界推崇、家长放心的一种文体。

编 者

文学禀赋与写作指向(代序)

杨晓敏

对于文学写作的追求,其目的历来都因人而异,比如有人执著于"文以载道",有人陶醉于"为稻粱谋"。然而在衡量文学作品的优劣成败时,却会趋向于某些大致认同的标准。那么我们认为那些具备优秀质地的小小说作品应该凸显哪些明显特征呢?假若能把小小说写得精致隽永,幽默诙谐;故事一波三折,引人入胜;叙述语言有韵味,人物塑造有个性;或者选材新鲜,切入角度巧妙,等等,当然这些都会构成小小说接近"精品佳作"的基本要素。在此基础上,如果你是一位文学天赋极好的写作者,或许还应该有更高的追求,譬如注重在作品主题、立意方面的深度挖掘,在思想容量或者说在对社会、人性问题上介入作者犀利敏锐、清醒理性的思考,将知识分子之于历史进程中应该携带的人格锻造、质疑姿态、批判意识和责任担当,透过自己的写作精神影响、感染读者,那无疑会是通向"宏大叙事"的"精英化"写作之路了。

小小说的写作者成千上万，年度发表量可以车载斗量。虽然不乏妙趣横生、赏心悦目的作品，而在千把字的篇幅里真正能够"以小见大"或"微言大义"者并不多见。夏阳小小说集的出版，可能为我们的阅读欣赏带来了某种期待。

2008年夏天，我在广东惠州的一次文学活动上邂逅了夏阳。晚上沿西子湖畔散步，他和我聊起当代小小说领域的知名作家和标志性作品，并细论"金麻雀奖"获奖者在创作中的长短得失，我猜想这是一位有文学天分的青年。他告诉我，之前他曾详细研读了海内外众多的小小说选本，尤其对数十位优秀作家及其创作风格、代表性作品耳熟能详。分手时，夏阳递给我一沓作品说，有一天我要争取拿下"金麻雀奖"。尽管我已知道夏阳见解不俗，文学准备厚实，可以期许，但平心而论，乍听这话还是让人感到有些惊讶。"金麻雀奖"在当下的小小说领域，那是兼具权威性和全国性的大奖，虽属民间评选，程序却严格纯正。夏阳当时还处于小小说写作的起步阶段，不过说话办事，凡有此底气者才敢有惊人之语，我喜欢有理想抱负的人。

后来《百花园》刊载了夏阳的《厨娘》、《矮子和高子》等小小说作品，很快便得到了读者的来信好评。为发现扶持新人，推崇佳作，2008年底，"小小说作家网"举办了"全国小小说新秀选拔赛"，在参赛的上千名作者中，夏阳脱颖而出。他接连入围的几篇作品，开始显示出这位小小说新锐作家的不俗功力。《寻找花木兰》在构思上别出心裁，在柳暗花明处重新转入曲径通幽，把思辨的余响留给读者。现实不由人，环境改变人，本来一身侠肝义胆的"花木兰"，于无奈中落荒而去的结尾颇具反讽意味。这种敢于直面社会矛盾，剖析事物内在因素的勇气是值得称道的，把一种责任感跃然纸上。《蚂蚁，蚂蚁》在叙述上看似漫不经心，随意变换视角，实则是旁逸斜出，紧要处插入闲笔，集必然性和偶然性于一体，解构着人性深处的情绪化律动。它诠释了这样一种哲学：生存环境之于人性形成的因果关系，健康成长抑或变异畸形，自我调节抑或泛滥失控，决非一朝一夕的偶然机缘，这种悄然质变存在于某种事物发展规律的必然形态之中。蚂蚁不懂人间男女情事，依旧忙碌于食物与洞穴之间的暖阳途中。作者能从庸常琐屑甚至可以说是毫不相关的生活物事中，弄出这么一个哲学思维来，并用几个貌似游离的情节串掇成一篇完整的故事，可谓用心良苦。这需要作者除了善于运用娴熟的小说艺术手段外，还须具备能够洞察生活本质的深邃目光才行。

我喜欢《马不停蹄的忧伤》这样的作品。作者借助于想象的翅膀，把拟人化的关于千里马的传说，衬托着一段现实生活中的悲怆人生履痕进行演绎，闻者不由会唏嘘再三。唐朝刘禹锡曾有诗云：马思边草拳毛动。诗人笔下描写的，大约也不是一匹凡驹。只不过借马咏志，直抒胸臆，期望自己也有一番作为罢了。在中国传统文化中，士大夫们的成功人生也定位于"少年行侠，中年致仕，老年归隐"基调上。夏阳在这一篇作品里，无论对于马或者人的刻画，并没有把重心搁在主人公"纵横捭阖"的抱负上，而是置放到人性的复苏里，显得沉郁隐忧。在这篇几近简单的构思里，作者吐纳着复杂的人生况味。千里马的不归与主人公的归去，不单单是人性与动物性的各自选择。一如结尾时我们听到的主人公内心深处的那种呐喊，它毫不掩饰地传导出自己的愧疚和歉意。即使壮士迟暮，儿女情长依然可以亲切感人，平民百姓如此更见九曲回肠。如何给自己的人生留下一个缓冲的晚景，其鞠躬尽瘁是一种崇高，老骥伏枥是一种志向，采菊东篱下是一种姿态，而游子归来，与老妻携手相伴夕阳简直是一种悟道了：

一地烟头。他掏出手机，拨通了一个电话号码。他说，你还好吗？我……我想回家。

电话那头，迟疑了一会儿，响起一个凄凉的声音，你不是说，你的忧伤，我不懂吗？

夏阳孩子般呜呜地哭了。他哽咽着说，都三十年了，你居然还记得这句啊。我老了，也累了。现在，我好想回到你的身边……他不能想象那匹旷野深处的雄性野马，垂暮之年是否还真的不思回头？

电话那头，泣不成声。

好在作者为主人公安排了个光明尾巴，让离别三十年的老妻在牵肠挂肚中又接纳了他，否则，恐怕这匹当年冲出藩篱的"千里马"，只好在晚年孤独地怅望远方，黯然神伤了。我们常讲好作品要有穿透力，读后让人产生心灵的震撼与共鸣，做到这一点，的确不是一件易事。

在小小说作品中，描写爱情的悲欢离合千姿百态。夏阳的《一双红绣鞋》却采用隐喻的写法，通过鞋的叙述，将主人公的爱情遭遇刻画得格外凄美。在如泣如诉的叙述中，把女主人公的身世交代得一清二楚，结尾一句"贵哥，你就当我死了吧"，似有裂帛之效。当年著名小小说作家王奎山的代表作《红绣鞋》因为主题是寄托烈士哀思，写出一种传统美德，今天夏阳同样以《一双红绣鞋》作题，揭示的是相爱的人却不能同结连理，透析的是生活之于人生的无奈和纯真爱情的破灭。在《幸福可望不可及》中，作者假设着各种幸福机会的来临，实际上是为欲望与理性之间的争斗在不停作出痛苦的抉择，借此梳理着自己对所谓"幸福"的理解。此类爱情婚姻题材，夏阳总能写出一些新意，其褒贬或爱憎，在自觉与不自觉间流露出自己的明确态度。我喜欢的作品还有：《翠花，上酸菜》，诠释夫妻间的信任与失信的内在原因；《幸福的子弹》，营造如何创造人性之美并留下自己美好人生的记忆；《漂白》、《囚鸟》、《那些花儿》等，作者都在写作时注入自己的真情实感，读来不忍释卷。

夏阳在选材上一向严谨，对社会问题敏感而关注，许多时候干脆把自己直接摆进来，甚至拿自己的行为说事，借事去拷问人世间的是非曲直。《捡糖纸》、《集火花》、《偷邮票》三篇，以童年视角对少年成长期的花季，进行反思和过滤，观照它的亮色或杂质，颇具反思色彩。夏阳少年坎坷，从青少年时期又泅入商海冲浪，面对五光十色的生活，坚持有所为有所不为，有所动有所不动。《白云人家》以勘

5

透世情的目光思辨人生，将入世与遁世、繁华与原始置放于现代文明的大背景下进行观照，另有所悟，可看作是夏阳心目中的"新桃花源记"。

当代小小说领域的写作者云集如蚁，此起彼伏，各领风骚，亦如闹市，各色人等炫技。夏阳在出道极短的两年时间里，以数质兼优的写作，排闼进入一流作者的方阵，细究起来答案其实简单。不懈地读书思考和丰富的生活阅历，直接关乎写作者的人格养成。耿介而不追名逐利，不媚俗并拒绝投机主义，使夏阳在芜杂的小小说作家队伍更显得言行坦荡，特立独行。关于人生，关于文学，关于小小说，夏阳曾写下了自己的理解。他说："小小说首先是一门艺术，语言的精准，具有画面感的场景，独到的叙述手法，极具匠心的谋篇布局，加上恰到好处的留白，方寸之间，凸显小小说的大智慧。一篇经典的小小说，必须具备文字的质感、情感的传递、精神的共鸣三大要旨。小小说除了艺术的深度、力度和厚度，还必须具有不能脱离现实生活的平民式的广度。"

江山代有才人出，小小说写作的民间性平台无比宽广，凡有志者注定会大有可为。

杨晓敏，河南省作协副主席，当代小小说事业倡导者，著名评论家。著有《当代小小说百家论》《小小说是平民艺术》等。主编有《中国当代小小说大系》《中国小小说金麻雀获奖作家作品集》《中国年度小小说》等百余种。

目　录

与刘若英相遇　　　　　　　　1
白云人家　　　　　　　　　　5
一双红绣鞋　　　　　　　　　9
马不停蹄的忧伤　　　　　　　13
寻找花木兰　　　　　　　　　17
好大一棵树　　　　　　　　　21
疯狂的猪耳朵　　　　　　　　25
上苍保佑吃完了饭的人民　　　29
蚂蚁，蚂蚁　　　　　　　　　33
寡　人　　　　　　　　　　　36
扒火车　　　　　　　　　　　40
乡　愁　　　　　　　　　　　44
诗人老黑　　　　　　　　　　47

世　界	51
虚　构	56
小城故事	61
矮子和高子	65
老　贾	68
阿毛的故事	72
在那遥远的地方	75
传　奇	80
外面的世界	84
十　年	88
钉子户	92
亲爱的深圳	96
灰姑娘	101
城里的月光	105
翠花，上酸菜	109
二狗的眼镜生涯	113
时间都去哪儿了	116
杀　青	119
小杆和老杆	123
我的富人生活	127
与马原论疯子	132
捡糖纸	137
偷邮票	141

日光机场	146
流　星	150
青　春	154
杀　人	159
事　件	164
坐飞机	168
苦雪烹茶	172
数　楼	176
厨　娘	180
故事里的事	184
温暖一条叫温暖的狗	188
空白格	191
父与子	196
春天里	200
杭州巷10号	204
屋顶上的猫	208
关于小小说的思考（创作谈）	211

温暖一条叫温暖的狗

与刘若英相遇

你似乎从没预料到,这辈子能和刘若英相遇。毕竟,刘若英是一个来自台湾的大明星,而你只是一个普通的乡下农妇。

你们相遇,是在一个秋天的下午。那天,阳光很好,你正在地里拔萝卜。远远地,公路边停着一辆小车,一个穿黑色风衣的女子,戴着墨镜,双手插在口袋里,立在路沿,酷酷的样子,颇有兴致地四处打量着。你当然无从知晓,她就是刘若英,那个当红的大明星。

她站了一会儿,向车里的人打了个招呼,便径自向你这儿走来。田埂不宽,还有些沟沟壑壑。秋天的天气很好,将田野晒得干燥松软。刘若英穿着高筒皮靴,走在田埂上,轻盈的身影,像一只美丽的蝴蝶。但在你眼里,她只不过皮肤白皙,衣着光鲜,和很多城里人一样。你知道,顺着这条公路,往山里走个十多公里,有一个很大的水库,很多城里人喜欢去那里度假。这样吃了饭没事干的城里人,你见得多了。

所以，你漫不经心地瞅了一眼后，继续低下头专心拔你的萝卜，你甚至没去想，她是不是来找你的，或者找你干什么。

你肯定不知道，在对方眼里，你是幸福地活在一幅油画里：金灿灿的秋阳，背景是一抹如黛的群山，你扎一条蓝色的头巾，正在空旷无垠的田野上拾掇萝卜。远处，有人在烧稻草，袅袅炊烟云朵般升起，空气中弥漫着一股熟悉的草木灰的味儿，瞬间点燃了她儿时的记忆。

大姐，你好——她站在你家的田埂上，摘去墨镜，笑盈盈地看着你。你好！你有点不习惯地回道。你确实迟疑了一下，一种受宠若惊似的不安于心头一闪而过。你见过很多城里人，但像这样友善热情的，你还是头一次遭遇。

接下来的时间很愉快。你选了两个鲜嫩的萝卜，在旁边的小溪里洗干净，递给了她。她则在田埂上找了处干净的地方坐下，剥下一截长长的萝卜皮，一边吃一边和你聊天，高兴得手舞足蹈。你在离她不到两米远的地里，手里忙着活儿，和她说说笑笑，像一对熟稔的姐妹。

聊着聊着，你才知道她刚才叫你大姐亏待了你。你们同岁，只是你灰头灰脸，看起来比实际年龄大十来岁，她却比实际年龄小十多岁。一个农事操忙，一个养尊处优，使一对同龄人在外表上成了两代人了。你作为女人，忍不住从心底发出啧啧的感叹声，岁月太无情了。她的声音，醇厚，酥软，又不是那种让人起鸡皮疙瘩的嗲味。你问，你不是本市的吧？她则浅浅地笑，说，我是台湾的。

哦，怪不得你声音这么好听呢。你也跟着笑，露出一口

温暖一条叫温暖的狗

好看的洁白的牙齿。你当然不知道她因为声音而外号叫"奶茶",更不知道奶茶是什么意思。在你的眼里,世界上只分为城里人和乡下人,有钱人和穷人。城里人离你的生活很遥远,更别说她这个有钱的台湾人了。你起身看了看面前剩下的萝卜地,想,加把力,赶在天黑前,把这里拔完,明天还有明天的事呢。

临走时,她唤助手拿来照相机,说要和你合影。她亲昵地搂着你时,你心不在焉地笑着。你在想身后那一大堆萝卜,今晚一定要洗出来,明天拉到城里,趁着鲜嫩劲儿,应该可以卖个好价钱的。

照完相,她一个劲儿地夸萝卜清甜可口,又问助手要了一张票,客气地说,今晚在市体育馆有演出,送一张嘉宾票给你,大姐你一定要去。你接过票,顺手塞在口袋里,懵懵懂懂地点头,说,一定去,一定去。

你终于赶在天黑前,将地里的萝卜用板车拉回了家。做好饭,喂了猪,关了鸡,然后和丈夫在院里的水井旁洗萝卜。一边洗一边和丈夫说下午的事情,说着说着,你突然怔住了,在身上擦了擦手,从口袋里掏出那张票,对着灯光瞅,娘哎,这张票1280元!

还有四十分钟开演,还来得及。你忙招呼丈夫锁上家门,发动农用车。你丈夫是个老实人,向来对你百依百顺。黑黢黢的山路上,农用车风驰电掣,心急火燎地向市区驶去。老天,什么演出,要一千多块钱,这得多少车萝卜呀?黑暗中,你的心里充满了无限憧憬。

3

体育馆人山人海。

你让丈夫在外面等你，丈夫有些不满，嘟着个嘴，却不敢说话。你脸一红，对丈夫悄声说，回去后，我们爬花花山，累死你。丈夫咧嘴笑了。花花山，是你们村后的一座山，"爬花花山"，则是你们夫妻之间的暗语。

一个城里的男人在门口拦住你，说出一千块钱买你的票。你犹豫了一下，咬咬牙，甩开那男人的手，随着人流进去了。检票的看了你半天，然后毕恭毕敬地把你领到一大堆有头有脸的人们中坐下。你很后悔今晚没有好好打扮打扮，你怕给她丢脸，因为看着周围森林一般的海报，你知道她叫刘若英，是个唱歌的有钱的台湾人。

你激动不已，能够和一大堆大人物坐在一起，观看这么盛大的演出晚会，这辈子没有白活啊。

舞台上五光十色，各路人马粉墨登场。呐喊声，欢叫声，海啸般将你吞没。你对谁都不感兴趣，一眼不眨地盯着舞台，期待着她的上场。

一个小时过去，你的倦意渐渐袭了上来，你强打着精神，继续等待。一个半小时过去，你哈欠连天，眼皮越来越沉。两个小时过去，在观众山呼海啸的尖叫声中，作为压轴节目，刘若英一袭白裙，美丽动人，唱响了她的经典作品《为爱痴狂》。

这时，你的头微微仰着，嘴巴张得窑洞一般大，靠在舒适的嘉宾席上，鼾声震天地睡着了。

白云人家

老刀和老马，我挺好的一对朋友，合伙开了家公司，不到一年，就散伙了。

朋友做成这样，真没劲，老马太操蛋了。老刀丢下这句话，怒气冲冲地走了。去哪儿？上白云山种植药材。白云山，云海苍茫，是方圆数百里海拔最高的一座山。

老刀刚去的那阵子，一天好几个电话打下来：山上太无聊了，要不是看在几个钱的份儿上，老子早下山了。兄弟，我现在饿得奄奄一息，麻烦你送几个妹子来救救我。

即便如此，这家伙还是隔三岔五地躺在我家里，吃饱喝足后，霸在电脑前，俩眼直冒绿光，对MM狂发亲吻的表情符号，在破旧的显示屏上撒下一片猩红的嘴唇。

后来，老刀就来得少了，偶尔下山进城，也是采购一些药材种子，来去匆忙。不仅人来得少，电话也少，十天半个月无音信。

你是在山上养了狐狸精，还是嫌兄弟我这儿招待不周？我感到纳闷儿，忙给老刀打电话。

老刀在电话那头只是"嘎嘎"地笑，鸭子般开心。

我最后一次接到老刀的电话，是两年后的事。那天，老刀告诉我，不想种药材了。是挺来钱的，但开公司欠下的债还清了，不想种了。所以，手机也没有保留的必要。他的意思是从此不再用手机了。

挂了电话，我愣了好一会儿：这家伙怎么了？赚钱的买卖不做，手机也不用，在山上成仙了？

又过了半年，待到满山泻翠时，我收到老刀的一封信。信在路上走了足足半个月。老刀在信里热情邀请我上山住几天，还画了一张草图，蛇一般乱蹿的箭头旁，孩子气十足地写道：不识老刀真面目，只缘身在此山外。都什么年代了还写信？我哭笑不得，在一个阳光明媚的周末，带着满肚子的好奇进山了。

按照老刀草图的指引，我那辆心爱的路虎越野车，在一条坑坑洼洼的山路上吭哧了半天，终于走到了路的尽头——白云山脚下的一个林场场部。把车寄存后，林场的干部递给我一根木棍，指了指一条悬在头顶的羊肠小道，说：走到头，便是老刀的家。

老刀的家——山的腰际，白云深处。

我拄着木棍，胆战心惊，在深山老林里蜗牛一样连滚带爬。四野万籁俱寂，一条小路，绳一般抛向浓荫蔽日的原始森林深处，弯弯绕绕，走了七八公里，一拐弯，眼前突

温暖一条叫温暖的狗

然变得开阔：云朵在脚下快速地流动，云海雾浪下，群山峻岭、城镇村庄、阡陌田野、河流树林，像摆在棋盘上一样一览无余。浩阔的地貌让人平静，我的心陡然升起一片清凉。久居城市的我，面对这样一方突然冒出来的世外桃源，如痴如醉。

老刀站在几间瓦房前笑吟吟地看着我。

晚上，老刀隆重地烧了几道菜：小鸡炖蘑菇、山笋红焖兔子肉、清炒野菜、凉拌木耳，奇香无比。明亮的松油灯下，两个人的影子在墙上张牙舞爪，大碗大碗的地瓜酒，咣咣地碰，直到醉得不省人事。

第二天清晨，我被一群鸟吵醒。一群鸟的绿嗓子，唤醒了整座白云山。四周影影绰绰，牛奶一样的雾霭在指间流动。空气雨后般清新湿润，我伸了伸懒腰，贪婪地做着深呼吸。

一碗香甜的地瓜粥，一碟爽口的咸萝卜。早餐后，我们隔桌对坐，喝着绿茶聊天。一团雾停在桌上，停在我们中间。我问老刀，干吗不种药材——不是挺来钱的吗？

老刀说，这里的气候和土壤特殊，种植的药材，几乎接近于野生的品种，来钱确实挺快的。但你看我现在还需要钱吗？喝的吃的用的，哪一样不是自产的？

我心有不甘地说，你这样远离尘世，会远离很多快乐，容易被时代抛弃的。

老刀挥了挥手，使劲儿把桌上的那团雾扒拉开，说，抛弃什么？无非是互联网上那些流水线作业的八卦新闻——谁和谁睡了，谁打记者了，谁当总统了，哪个球队输了或者赢

7

了，股票涨了或者跌了。其实想想，那都是傻瓜式的快乐，挺没劲的。我这里完全不插电，没有任何电器设备。但你看看，满天星空比不过城市的霓虹灯？飞禽走兽的啼叫比不过歌星声嘶力竭的吼唱？书上的唐诗宋词比不过电视连续剧里幼稚的缠绵？每天午后一场雨，一年四季盖被子，比不过城市里密密麻麻的空调？枕着松涛伴着花香入眠，比不过夜总会的买醉？出门靠脚走路，双手勤耕细作，比不过打的去健身房跑步？

我得意地说，哼哼，你这里没有冰箱。

老刀笑了。拉着我转到屋后，从一口幽深的井里往上拽起一个竹篮。湿淋淋的竹篮里，两瓶红酒和一个西瓜，丝丝地直冒凉气。老刀说，不好意思，这是我们中午享用的。

我尴尬地挠了挠头。

几天的接触里，我发现老刀像换了一个人似的：不抽烟，偶尔喝点酒，养一条狗几只鸡，种半亩稻田半亩瓜菜。每天早睡早起，晨时，携清风白云荷锄而出，晚霞烧天时，坐在家门口喝茶读书看脚下的行云流水。

我承认自己是一个俗人，所以还得下山。老刀一直把我送到山脚的林场场部。临别，塞给我五万块钱，叮嘱道，仔细想想，当年公司倒闭的事儿，主要是我的责任，不能怪人家老马。这点钱，算是我赔给他的。另外，我在这里种植药材赚钱的事儿，一定要替我保密，市侩之徒来多了，会污染这里的空气。说到这里，老刀有些忧心忡忡了。

嗯。我郑重地点了点头。

一双红绣鞋

我是一双红绣鞋。

六十年前的一个春夜,油灯将尽未尽时,我的主人——一个待嫁的苗女,把那根红丝线在指间一绕,打了个结,放在唇齿间轻轻一咬,算是完成了对我最后一针的刺绣。她取出另一只绣好的鞋,将我的左右脚合在一起。油灯下,我搁浅在桌面上,像两只小红船,两朵百合在我身上绽放如春。待嫁的苗女,托着香腮凝视着我,她的脸上,悄然漫上了一层红晕。

这时,灯碗里油干了,火苗微微地颤了两下,灭了,一缕青烟在月色里袅袅升腾。待嫁的苗女一把将我拥入怀里,大睁着眼睛躺在床上。我偎在她高耸的胸脯上,她身上特有的少女体香,一如春天阳光的芬芳,在整个房间里荡漾开来。她辗转反侧,难以入睡,偶尔,黑暗中发出几声咪咪的笑,搅得一团月光在窗外探头探脑,窃窃私语。

那个春天,她出嫁,我随她来到了夫家。

她一身盛装,在众人的簇拥下,绣裙簪珠,衣华钗明,冠上的饰品,佩戴的银器,叮铃铃作响。随着她轻移莲步,所有人都把目光聚焦在我的身上,禁不住啧啧称奇。我镶着金丝边的红鞋面上,两朵百合在阳光下怒放,晃动着炫目的光泽。

我知道,今天是她的嫁日,也是我的节日,我们一生,只为这一天。

三天后,我被放进了箱子的最底层。在她合上箱盖时,我读到了她的目光,那目光里,盛开着恋恋不舍的甜蜜。

我在黑暗里一躺就是六十年。即使被压在箱底,时光的灰尘依然抚摸着我的身体。

六十年后,当我重见天日时,我所见到的是一个陌生的世界。陌生的街景,陌生的游客,陌生的熙熙攘攘,还有陌生的各地方言在街头汹涌。这一切,让我有些惶恐。我的主人已经老了,岁月把她雕刻成一个枯瘦干瘪的老妪。我被悬挂在街边的墙上等待出售。而她,在懒洋洋的阳光下,靠着墙打盹儿。时光,在这个午后停顿了。

一个衣着时尚的漂亮女子,在我主人面前停下脚步,注视着我,久久地,不肯离去。最后,女子推了推我的主人,问,阿婆,这个,卖吗?

我的主人将醒未醒,点了点头。随即,瞥了那女子一眼,顿时惊呆了。她慌里慌张地站起来,盯着那女子,好一会儿,说,你……试试……合脚不?

温暖一条叫温暖的狗

当女子把我穿在脚上，显得是那么的熨帖，不大不小，不胖不瘦，增一分则多，减一分则少，就像是天生为她做的一样。她让我在半个多世纪后，掸去岁月的尘埃，重新焕发出生机。这女子站在古老的青石板街上，眼睛微微地眯着，来回转动身体，细细地打量我，任凭融融的阳光扑簌簌地跌落在她身上，跌落出一种久违的香气，让嘈杂的大街顿时变得安静。她的美丽与娴静，让时光倒转，一如六十年前的那个春天。我的主人呆呆地望着她，像面对从前那个待嫁的自己一样手足无措。女子问，阿婆，我想买，多少钱？

我的主人摇了摇头，一头银发在阳光下晃着，说，不要钱，送给你。

女子怔了一下，说，那不行，怎么好意思收你这么贵重的东西？

我的主人望着街上来来往往的人群，豁着没牙的嘴笑了，说，我只送该送的人。

我的新主人叫麦苗。我跟随麦苗一路车马劳顿，来到一个叫深圳的地方，来到一栋豪华的孤零零的别墅。这里，是我的新家。

一个午夜，窗外华灯璀璨，灯火未眠。麦苗没有开灯，抱着双膝坐在地板上哭泣。我躺在她身后的席梦思床上，默默地注视着她。我的旁边，是一袭白色的婚纱，还有一双镶着红宝石的高跟鞋，它们在窗外霓虹灯的折射下，闪着高贵的光芒。我和它们相比，像一只丑小鸭，滑稽丑陋。

麦苗哭得很伤心，如水的月光洒在她的半边脸上，泪眼

11

朦胧。

　　她把我贴在脸上，摩挲了很久，最后把我的左脚小心地包好，搁进了衣柜的最底层，另一只——我的右脚，被放进了一个准备邮寄远方的包裹箱里，还塞了一张纸条。在麦苗即将合上盖子的一刹那，一颗带着她体温的泪珠掉落下来，菊花般洇在我的身上。那一刻，我体味到了她对我的眷恋，是如此的深情。

　　我重新回到黑暗的世界里。相伴六十年后，两只鞋骨肉分离，天各一方。我倍感孤独。我无法预知我的左脚和右脚是否还有团聚的那一天。

　　那张纸条上写着：贵哥，你就当我死了吧。

马不停蹄的忧伤

它们相遇，是在月亮湖，在那个仲夏之夜。

仲夏之夜，月亮湖，像天上那弯明月忧伤的影子，静静地停泊在腾格里沙漠的怀抱里。清澈澄净的湖面上，微风过处，银光四溢。它站在湖边，望着湖里自己的倒影发呆。它是一匹雄性野马。

野马即将掉头离去时，听见身后传来一阵嘚嘚的马蹄声。一匹母马在离它不远的地方止住脚步，呼吸急促，目光异样地望着自己。银色的月光下，野马惊呆了——这是一匹俊美健硕的母马，通身雪白，鬃发飘逸。母马的眼里，一团欲火，正在恣意地燃烧。

野马朝母马大胆地奔了过去。它们没有说一句话，只有无休无止的缠绵。这时，任何话都是多余的。

天地之间顿时暗淡，月亮羞红着脸，躲在云彩后面不肯出来。当月亮再一次露出小脸儿时，野马和母马已经肩并肩，在湖边小径上散步，彼此说着悄悄话。

母马问，你家住哪儿？

野马叹了口气，幽幽地说，我无家可归，被父亲赶出来了。你瞧我身上，伤痕累累。

母马目光湿润，说，去我那里吧，我家有吃有住，主人可好了。

野马没有吱声，目光越过湖面，怅然地望着远处的沙漠。远处的沙漠，在如水的月光下，舒展绵延开来，直抵天际。

第二天清晨，巴勒图发现失踪一夜的母马竟然自行回来了，还带回一匹高大威猛的公野马。两匹马一前一后，迈着小碎步，耳鬓厮磨，乖乖地进了马厩。巴勒图乐坏了，激动地对旁人说，它要是和我家的母马配种，产下的马驹子，那可是正统的汗血宝马。到时候养大了，献给沐王爷，我就当官发财了。

巴勒图把野马当宝贝一样精心喂养，连做梦都笑出了声。

三天后的深夜，又是一轮明月浮在大漠之上。野马站在马厩的栅栏边，望着屋外漫天黄沙，饱含泪水。母马小心地问，你在想家？

不是。我不习惯这里，不堪忍受这种养尊处优的生活。我已经下定决心，带你走。

我不去！沙漠里太艰苦了，一年四季，一点生活的保障都没有，无论是寒冬酷暑，一天找不到吃食就得挨饿。你看我这里多好，干净卫生，一日三餐，主人会定时供应。

温暖一条叫温暖的狗

我承认你这里条件是不错。但真正的快乐,是马不停蹄的理想,是天马行空的自由,是奔跑在蓝天白云下,尽情地做自己的上帝。你看看现在,豢养在这小小的马厩里,整天小心翼翼地看主人的眼色行事,行尸走肉地活着。这种生活,让我忧伤。我的忧伤,你不懂……

两匹马互不相让,争吵不休。

最终,野马推开母马,挣脱缰绳,冲出马厩,在月下急速地拉成一条黑线,消失在茫茫的大漠深处。它的身后,母马呜咽着,咆哮着,凄厉的嘶鸣声,久久不散。

近百年后的一个午夜,东莞城中村的一间出租屋里,一个叫夏阳的单身男人翻阅《阿拉善左旗志》时,读到一段这样的文字:

民国三年仲夏,巴彦浩特镇巴勒图家一母马发情难耐,深夜出逃于野。翌日晨,携一普氏雄性野马返家,轰动一时。三天后,野马冲出马厩,不告而别。数月后,母马产下一汗血宝马驹,然宝驹长大,终日对望月亮湖,形销骨立,郁郁而亡。

读到此处,夏阳已是泪流满面。他坐在阳台上,遥望北方幽蓝的夜空,久久地,一动不动。他手里的烟头,明明灭灭。

一地烟头后,他掏出手机,拨通了一个电话号码。他说,你还好吗?我……我想回家。

电话那头,迟疑了一会儿,响起一个凄凉的声音,你不是说,你的忧伤,我不懂吗?

15

夏阳孩子般呜呜地哭了。他哽咽着说，都三十年了，你居然还记得那句话啊。我老了，也累了。现在，我好想回到你的身边……他不能想象那匹旷野深处的雄性野马，垂暮之年是否真的还不思回头？

　　电话那头，泣不成声。

寻找花木兰

我在海口的那年,决定娶花木兰为妻。

花木兰大我一岁,是我一个拐了很多弯的亲戚。乡下人就这样,随便追究一下,藤蔓能牵出瓜,十里八村都是亲戚。花木兰和我也是这样,尽管我从没见过她。

花木兰随父习武多年,两三个男人近不了身。说这话是有事实根据的。一天深夜,同样混在海口的她,在红城湖边摆地摊儿,卖些女人用的胸罩内裤,临到收摊时,受到三个当地烂仔的调戏。结果,一个被踹入湖里,一个倒在地上直哼哼,一个钻进小巷落荒而逃。事后,有好心的老乡劝她早早离开此地,烂仔人多势众,惹不起!花木兰冷笑,怕什么?再来十个照样打得屁滚尿流。

我猜想她说此话时一定是英姿飒爽,气吞山河。因为我已经深深地迷上了她,认为她是个奇女子。这个奇女子的家里人一天一个电话追到海口,催她早日成家,但她就是不肯就范，大言天下没有任何男子能配得上自己。

我就配得上你！我说这话，是有信心可以降住这匹烈马的。同为老乡，又是亲戚，且同在天涯，这样心高气傲的女子，怎容错过？于是托人说媒。

好一阵，媒人回话，说刚刚订婚了。

目瞪口呆。再问，说是她父亲身患肝癌，晚期，临死前逼她成家，否则绝不闭眼。花木兰把房门关了三天后，潦草地找了个人火速订婚，赶在她父亲死前一个礼拜，嫁了。

呵呵，关于我和她的风花雪月消失了，永远停留在十年前那个让我伤心的下午。

我真正见到花木兰是在去年。

一切面目全非。我不忍心使用太多的形容词来糟践她。在她身上，我完全看不到当年那个奇女子在海口勇斗三个烂仔的风采，生活的磨砺，让她和平常的农村大嫂没有任何区别。她一脸菜色，目光空洞，和旁人一样，惊羡地看着我这个所谓的狗屁"成功人士"，同时嘴里说些肉麻的话，说发了财别忘了她这个穷亲戚。

我笑着说起当年自己在海口对她的心意。她也笑，打趣说自己没有那个命。她一脸的苦涩。

我禁不住在内心检讨自己的残忍。

她老公是个极为懦弱的男人，在弟弟的庇护下，在东莞一工业区惨淡地经营着一个十几平方的鞋店。至于夫妻间的感情，想来和普天下的芸芸众生一样平淡无奇。

当我坐在老罗操场一般空旷的办公室里，依然感叹不

温暖一条叫温暖的狗

止。老罗听着我的絮絮叨叨，眼睛一亮，身手这么厉害？我这里需要。

老罗是我的狐朋狗友，管理着一家三千来号人的集团公司，财大气粗。我问，你准备开多少工资？

无所谓，只要有真本事。

这我真不知道，事情过去这么多年，她现在已经是三个孩子的妈了。

老罗沉吟了一会儿，叫来保安队长和两个棒小伙，耳语了一番。保安队长有些为难。老罗喝道，怕什么，出了事我兜着，又不是叫你们去杀人放火！

保安队长他们唯唯诺诺地领命而去。

一个小时后，他们兴高采烈地回来了，每人脚上晃着一双油光锃亮的新皮鞋。他们说找了三双烂皮鞋往花木兰面前一丢，嚷嚷要赔鞋，否则就拆店。花木兰老老实实地赔了。老罗得意地看着我，揶揄道，你净吹牛！我急了，面红耳赤地以人格担保自己没有说谎。

老罗笑了，对保安队长说，你们再去一次，带上三双烂鞋，就说刚穿上又坏了，找借口动动手。

又是一个小时后，三人鼻青脸肿地回来了，惊呼那女的太厉害了，我们仨都不是她的对手。还说那女的站在街上咆哮，我花木兰忍了多年，今天不忍了！

现在轮到我得意了。老罗挠了挠头，说，人才啊，难得！我们明天亲自去请她，多少钱都行。

第二天上午，老罗带着我，牛气哄哄地开着他的大奔，

19

来到花木兰的店里，发现已经是人去店空。左右隔壁说，昨天有三个烂仔来闹事，被花木兰打了，花木兰怕遭报复，连夜搬走了……

好大一棵树

母亲去世十年后的那个清明节,我和父亲还有弟弟回到了久别的故乡,也就是那座小县城,去寻她的坟。

母亲去得突然,四十出头,便倒在她和父亲所在的造纸厂的车间里。那天是4月15日,还有两个来月,我就要参加高考。父亲犹豫再三,还是告诉了我。父亲指着饭桌上一个黑漆漆的骨灰盒,对我和弟弟说,你妈在里头。说完,看也不看我们,扭头出去,一屁股坐在家的门槛上,默默地抽烟,任凭我和弟弟在他身后哭得死去活来。

母亲的坟,说坟也不是坟。我们全家,除了造纸厂分发的两间低矮潮湿的平房,便上无片瓦,下无寸地。母亲葬在哪里,还真是个问题。父亲袖着手在外面踅摸了一天,回来等天黑严实了,重新领着我和弟弟出了门。黑乎乎的山道上,没有月亮,也没有星星,父亲扛着铁锹,打着手电筒萤火虫般在前面引路,我怀里捧着母亲的骨灰盒跟在他身后,

社会万花筒之中国微小说系列丛书

再后面是紧紧拽着我衣角的弟弟。我们三人做贼一样，蹑手蹑脚，悄然上了县城西郊的观音山。观音山是一座孤山，树木葳蕤，山虽不高，却能俯视整个县城。从观音山的北面上山，是一条人迹罕至的山路，翻过山顶，到了南面的半山腰，衍生出一个岔路口，往左是回县城，往右是去造纸厂的一条小路。父亲在岔路口站立了一会儿，带领我们往左走了下去。走了两百步，父亲指了指路边，叹了口气，说，就这里吧。

一个小时后，母亲的骨灰盒，被我们安葬在一个小土包下面。父亲生怕别人发现，特意弄了一些草皮盖在新土上，还移栽了两棵小树侍立两旁作为记号。临下山时，我们三人站在母亲的坟前，望着山脚下的一城灯火，神情漠然，彼此不知道该说些什么。最后，父亲指着遥远的南方，说，这样也好，以后你妈每天都可以看见我们了。

如父亲所愿，我总算为他争了口气，被南方一所大学录取了。父亲也因为母亲的早逝而惊恐万分，执意要离开造纸厂这个污染严重的伤心之地，带着弟弟南下去打工。也就是说，我们全家搬离了这座县城，从此故乡变异乡。走的那天，父亲独自去母亲的坟前坐了半晌，回来时，我感觉他一下子苍老了许多。望着魂不守舍的父亲，我装作没心没肺的样子，把钥匙交还给单位上来接管的人，对父亲说，走吧，此地不留爷，自有留爷处，天下之大，何愁没有家！

母亲的离去，对于我们这样一个家庭来说，是巨大的灾难和难以言说的悲恸。十年间，我们三人聚在一起，从不敢

温暖一条叫温暖的狗

谈起母亲,甚至连她的照片也刻意地藏了起来。就像一个难以愈合的伤疤,夜夜隐隐作痛,却被我们不约而同地捂了个严严实实,谁也不愿意去揭开它。是的,如果不是因为父亲刚刚被医院查出肝癌晚期,没人会主动提出去寻她的坟。

可是,坟没有了。我们回到县城是日暮时分,和上次一样,沿着观音山北面的那条山路上了山,翻过山顶,等来到山南面的那个岔路口时,不由惊呆了。岔路口的右边,依旧是树木葱茏,依旧是那条羊肠小道蜿蜒而下,依旧是造纸厂五颜六色的污水在山脚下的小河里肆意流淌。岔路口的左边,别说两百步,就在不到一百步的地方,那条拐下去的小山路硬生生地被一圈围墙砍成了断头路。围墙里面,搅拌机轰鸣,工人们紧张忙碌,一栋栋别墅在一堆堆凌乱的钢筋水泥中张牙舞爪。父亲惊得张了张口,想说什么却说不出来,最后一只手捂住心口,浑身抽搐,痛苦地蹲了下去。我和弟弟顿时醒悟过来,忙跑过去一把搀住他喊,爸,爸,您怎么啦?

好一会儿,父亲才缓过一口气来,手指着围墙里面,抽泣着说,你妈的坟……

我妈的坟……我脑海里高速运转着,惶然四处张望。突然,我指着岔路口的右边,急中生智地说,我妈的坟不是在那里吗?您,您记错了呢。

我怎么可能记错?父亲抹了抹眼泪,惊讶地问。我朝弟弟使了个眼色,弟弟立马反应过来,忙在一边附和道,您肯定是记糊涂了,我和哥哥明明都记得是在右边。你那晚不是还说,右边好,男左女右,葬在右边,你妈就可以守住我们在造纸厂的那个家了。

是吗，我有这样说过？父亲将信将疑地问。我和弟弟猛点头。父亲犹豫了一下，便朝岔路口的右边望了望。

岔路口的右边，大概是两百步的地方，有一棵大树矗立在路边。大树枝繁叶茂，树干笔直粗壮，高耸入云。父亲疾步走了过去，踮起脚尖，一把抱住大树，将脸亲昵地贴在树干上，嘴里喃喃自语，仿佛在倾诉什么。

夕阳西沉，长夜未临，苍茫的暮色在故乡的上空，一寸一寸跌落下来。

我和弟弟不敢贸然上前去打扰父亲，只好呆杵立在岔路口，内心凄惶不安。附近的树林，山脚下的县城，还有更远处的乡村田野，笼罩在水烟四起的暮色里，影影绰绰，轮廓模糊，直至漫漶不清。而身边一墙之隔的围墙里面，却是那般的清晰可见，亮晃晃的夜灯下，人影憧憧，搅拌机像一头巨大的鳄鱼，吞进吐出，在永不知疲倦地嘶吼着。我和弟弟不禁对望了一眼，彼此神情悲郁。那一刻，我知道，他和我一样在忧虑：父亲没几天活头了，他老人家走后，该在何处安息？

温暖一条叫温暖的狗

疯狂的猪耳朵

女人的死，和一只猪耳朵有关。

我想我应该客观地叙述这个事件的始末缘由，尤其是这只肇事的猪耳朵。那是一个岁末寒冬的深夜，屋外飘着漫天的鹅毛大雪，一只猪耳朵不知被谁戳了个洞，用几根稻草拴着，挂在女人家不锈钢防盗门的把手上。猪耳朵像是活生生地从某头可怜的猪身上剜来的，上面猪毛杂陈，耳孔里有脏兮兮的污垢，下面还缀着一大块沾带血污的槽头肉。猪耳朵悬挂在镜子一样寒光闪闪的不锈钢门上，成了一个巨大的惊叹号。

这是城市中央一个小区的某栋高层楼宇，一层一户，都是大富人家，平日里靠坐电梯进进出出，谁也不认识谁。这只猪耳朵，谁挂的，挂了多久，没人知道。女人一大早就出门了，回来时，已是凌晨三点。她满嘴喷着酒气，脖子紧缩在貂皮大衣里，踩着咔嚓咔嚓的积雪，两腿打着拐，陀螺般跟跟跄跄，向一辆豪华小车挥手道别。一进电梯，女人拍了

25

社会万花筒之中国微小说系列丛书

拍身上的雪花，对着仪容镜里的自己扑哧一笑。一出电梯，楼道的感应灯霎时亮了，女人一手在坤包里掏出钥匙，一手习惯性地去抓门把手。她脸上轻蔑的笑容顿时凝固了，望着手中所抓住的黏糊糊的猪耳朵，惊恐地瞪大着眼睛，凄厉地尖叫起来。女人的尖叫声，除了在空荡荡的楼道里留下几声巨大的回音外，四周连一点反应都没有。她可能忘了自己前几天和别人的调侃，她说如今这城市，要想叫大伙出来，只有一招儿，那就是喊——着火啦！女人当然不会喊着火。女人把猪耳朵提进了家，顺手把里外两扇门反锁上，还扣上了防盗链。女人把家里所有的灯打开，细心地检查了一遍，关上了所有的门窗，拉上了所有的窗帘。

屋外，雪依然簌簌地下着。女人拥着被子，斜靠在床头，黑暗里，望着天花板胡思乱想——

这猪耳朵是谁送的？谁这么缺德？恶作剧？还是想威胁我？这段时间，得罪谁了？张三？李四？王五？好像都不至于，再说了，他们不可能知道我的住处。为什么要送猪耳朵？如果是想真正吓唬我，可以送血淋淋的猪心，一触就怪叫的骷髅玩具，或者活蹦乱跳的蛇呀青蛙呀。对了，这季节蛇和青蛙在冬眠。为什么是猪耳朵？猪耳朵代表什么？秘密。对了，是不是我和刘总的那事儿败露了？还是老陈的那笔回扣？稻草，对了，稻草是哪里来的？现在买猪肉都用塑料袋，怎么会有稻草？不会是和乡下那孩子有关吧？不对，不可能。前夫干的？前夫都出国好几年了……

卧室的灯，开开关关。开着，刺眼，关了，害怕。女人找来烟,点上,焦躁地抽着。大半盒烟没了,窗外的天色已经隐隐发白,她还是没能理出个头绪来。一夜之间,女人老了许多。

天亮后,女人迷迷糊糊地睡着了,梦里全是猪耳朵,洪水一般撵着自己跑,跑到了悬崖边,无路可逃。望着身后密密麻麻的狞笑的猪耳朵,女人大叫一声,从噩梦中醒来,大口喘着气,虚汗淋漓。

女人翻阅手机里的电话簿,想找个人倾诉或者求教一下。客户、同事、女朋友、性伴侣、同学、老乡、亲戚、前夫,好像都不合适。女人叹了口气,把手机关了。和很多人一样,手机关机,就等于她在这个世界上暂时消失了。

女人把自己关在了家里。困了,倒头去睡,在梦里和一大堆猪耳朵赛跑,然后惊醒,惊醒后拼命地想猪耳朵的来历和含义,最后不停地去检查家里所有的房间所有的门窗。折腾累了,又去睡,开始新的一轮循环。

三天后的中午,阳光出来了,街上的积雪开始融化。女人想出去走走。女人穿得像只狗熊,蓬头垢面,神情恍惚,打开门,半个身子缩在屋里,做贼一样朝楼道四处瞅了瞅,再神经质般扭转头看外面的门把手——门把手上又挂着一只猪耳朵,一模一样的。女人尖叫一声,倒了下去。

我说过,我想客观地叙述这个事件。我之所以说是事件,不是故事,是因为我只想忠实地记录,而不是胡编乱造。当然,我可以增添欧·亨利式的结尾,进行自圆其说,比如某人好猪耳朵这口,有乡下亲戚好意相赠,结果送错了楼层,比如女人无意间得罪了小区的保安,保安睚眦必报,比如女人抢了别人的老公,人家老婆前来复仇等等,甚至,我还可以添加一些魔幻色彩,讲述一个前世今生人与猪的爱情神话故事。但我必须老老实实地承认,我也不知道那只猪耳朵是谁送来的,为什么要送猪耳朵。现实生活就是这样,很多事件背后的真相,是为我们所不知的,我们所看到的,往往只是一个结果。

现在,我来讲述这个事件的结尾:女人因为惊吓过度,晕倒在自家门前。一个小时后,被打扫楼道卫生的阿姨发现,招来救护车送进医院抢救。女人生命倒无大碍,身体康复了,人却疯了,转入精神病医院治疗了一段时间,病情得到了控制。

女人死的时候,是一个春天的黄昏。血红的残阳,水彩画一样燃烧着这个城市的上空。女人坐在街边的树下,拍着巴掌,口里念念有词,一脸兴高采烈的样子。一个男人牵着一个孩子打她跟前经过,不知为什么,孩子突然扭着身子向男人撒娇:我不吃猪耳朵嘛!我就不吃嘛!

女人闻听"猪耳朵"三个字,大惊失色,像一匹受惊的烈马,起身跨过护栏,蹿向街头,瞬间消失在滚滚车流里。

那个吓得脸色煞白的司机,望着倒在血泊里的女人,惊魂未定地拿起手机报警。其他车辆依然熙熙攘攘,偶尔有司机经过时,放慢了速度,透过车窗对外瞟上一眼,又抬脚深踩油门,重新穿梭在车水马龙里。

孩子停止了撒娇,指着血泊里的女人,惊讶地说,哇塞,她跨栏的速度超过刘翔耶!

那男人一只手拽着孩子,一只手抬起来看了看表,不耐烦地说,快点走,我们没时间了。

上苍保佑吃完了饭的人民

有钱人张大炮喝完早茶，溜达在大街上，心情很不错。年底了，手下工人放假回家，忙了一年的他，难得这样无所事事，又轻松愉悦。

一条不长的街，不时有熟人向张大炮打招呼。张大炮叼着竹牙签，腆着一个肥嘟嘟的肚子，频频向打招呼的人点头示意。他慢慢悠悠地转着，像在巡视他手下的工厂，街上的行人以及街两边的店铺，似乎就是他那条德国进口的流水线上正在加工的产品。

张大炮转了几圈，心满意足地回到车里，掏出手机找人。中午去哪儿吃饭，和谁一起？这是很多有钱人每天所要面对的一道思考题。张大炮浏览着手机里的电话号码，好一会儿，痛苦地摇了摇头，把手机摔在副驾驶座上，点燃一支烟，转头去看车窗外的人来人往。

平日里忙得像陀螺一样的张大炮，今天突然松懈下来，坐在街边豪华的车里，闷闷地抽着烟，有点茫然不知所措了。

一个骑自行车的女子从车前一闪而过，让张大炮眼前一亮。这女子身材窈窕，一袭白色的运动装，一条乌黑的马尾辫在身后晃来晃去，晃得张大炮找到了初恋的感觉。张大炮轻踩油门，偷偷地跟在那女子身后。

那女子茫然不知身后的跟踪者，晃晃悠悠地踩着单车，穿过两条大街，只身进了一家健身俱乐部。张大炮停好车，疾步跟了进去。有服务生在入口处拦住张大炮，礼貌地问，先生，您好，您找谁？

张大炮支吾了半天，说，我想健身。

钱倒是不多。张大炮花了八十块钱，填了两份表格，办了一张临时卡，换上了俱乐部提供的短衣短裤。偌大的健身房，只有他和那女子两个人。张大炮怀着激动的心情奔了过去。仅仅几秒钟，也就是说一瞬间，张大炮便有了想抽自己嘴巴子的冲动——那女子的背影确实很迷人，给人无限遐想，正面的相貌却倒人胃口，简直让人想自卫。那女子四十多岁，满脸雀斑，却异常开心，估计是刚刚升级做外婆了。张大炮心里骂道，上帝佬儿真缺德，一大早就这样忽悠老子。

既然来了，就干脆练练吧。张大炮离那"外婆"远远地，在跑步机上开始卖力气了。有多长时间没这样锻炼了，张大炮自己也说不清楚。偶尔，和朋友谈起健身运动，说完，骄傲地笑笑。多年来的胡吃海喝，帮张大炮攒下了一身的肥膘。很快，他身上开始冒汗了，慢慢地，汗如雨下。那汗珠，油腻腻的，分不清是汗水还是油脂。

温暖一条叫温暖的狗

坚持，再坚持。坚持了十几分钟，张大炮感觉天旋地转，腿肚子直抽筋。不跑了，再跑，说不定这条老命就搭这儿了。张大炮原地歇了老半天，喝了几杯水，彻底缓了过来，便起身去蒸气室。整个蒸气室一片冰凉。吼了半天，来了一个经理。经理是个女的，一脸歉意地解释，年底了，不少员工放假回家了，人手不够，加上上午健身的人一般很少，所以没开蒸气室，非常抱歉。

张大炮挥挥手说，算了，我冲凉吧。

经理局促不安地说，现在还没有热水，锅炉正在烧呢，您得等四十分钟。

张大炮一听，生气了，再细看那经理，居然是自己跟踪的那个"外婆"。张大炮彻底愤怒了，抓起桌上的一个玻璃杯，狠狠地砸在地上，骂道，开什么玩笑，你信不信，老子把你这里给端了！

"外婆"战战兢兢，鸡啄米一样点头哈腰，嘴里不停地说对不起。骂了半天的张大炮，最终还是没辙，穿上自己的衣服，悻悻地离开了俱乐部。

开车行驶在大街上，张大炮感觉浑身黏糊糊的，到处痒得难受，总忍不住想去挠，一挠，指甲缝里便塞满了黑黑的泥垢，恶心死了。

路过一家五星级酒店门口，张大炮没有丝毫犹豫，直接把车开进了地下停车场。他决定开一间房好好泡个澡。临关车门时，他突然想起车上还有一箱法国红酒，一共六瓶，前段时间一个台湾客户送的。泡个热水澡，喝点红酒，好好犒劳犒劳自己，这个主意肯定不错。张大炮提着一瓶红酒进房时，心情好了许多。

有钱真好。有钱人张大炮舒舒服服地泡了个热水澡，浑身清爽后，从一个包装精美的木匣子里取出那瓶价格不菲的法国红酒，自斟自饮，喝了个精光，然后把自己埋在松软宽大的被褥里，美美地睡着了。

黄昏时，张大炮那辆豪华的小车再一次停在街边。他彻底忘了自己上午在健身俱乐部所发生的不愉快。晚上去哪儿吃饭，和谁一起？面对这道思考题，张大炮浏览着手机里的电话号码，好一会儿，痛苦地摇了摇头，把手机摔在副驾驶座上，点燃一支烟，转头去看车窗外的人来人往。

相关链接：【本报讯】昨日，在本市某五星级酒店员工宿舍里，发生了一件凶杀案。客房部女服务员张小珍被人用重物击打头部，倒在血泊中，经市人民医院紧急抢救无效身亡。案发后，该酒店客房部女服务员张小芳投案自首。警方透露，犯罪嫌疑人张小芳和死者张小珍属于同一村的老乡，一块儿长大，并同时被该酒店录用。两人一直以姐妹相称，感情尚好。据张小芳交代，案发时，她和死者是为争抢酒店客人遗弃的一法国红酒木匣子而发生肢体冲突。张小芳一时情绪失控，用锤子击打死者头部……

蚂蚁，蚂蚁

一只蚂蚁，从洞穴里爬出来，在暖融融的阳光下，四处溜达着。

突然，蚂蚁看到一只蝗虫的尸体，兴奋地大呼小叫起来。很快，蚁群源源不断地朝这里涌来，队伍蔚为壮观。

不远处的榕树下，一黑一白两只鸡正在觅食。蚁群庞大的队伍，吸引了白鸡的目光。白鸡顺藤摸瓜，发现了蝗虫这份美食，咯咯地叫个不停，迈着方步奔过去。黑鸡抖起翅膀梗着脖子，拦住了白鸡的去路。

你想独占？

是我先看到的，不能不讲理！

黑鸡一脸的霸道，怎么着，我就不讲理！

白鸡火了，朝黑鸡扑了过去。黑鸡白鸡，战成一团。

白婶听见鸡叫，忙跑了出来，把鸡驱赶开。白婶抱起自家的白鸡左看右看，发现脖子被啄破了，还带着血迹。白婶恼怒，撵着黑鸡要算账。黑鸡惊慌地围着树打转，咯咯地乱叫。

黑鸡的叫声，唤来了主人黑婶。黑婶见白婶在撵自家的鸡，讥笑道，哟，连鸡都要欺负？

两家素来不和。白婶口里也没有好话，欺负了，怎么啦？

这不是明显在挑衅吗？黑婶一听火冒三丈，冲了过去，揪住白婶的头发，来！有种你欺负看看！

两个女人扭打在一起。

黑婶瘦小。输了。黑婶呜呜地哭，去萍湖煤矿找女儿女婿搬救兵。

女婿黑牛在私人小煤窑挖煤，只有女儿黑妹在家。

黑妹心疼老娘，见她青一块紫一块的，满身是伤，便大骂白婶王八蛋。骂累了，领着黑婶去医院看伤。钱，当然是黑妹出的。

黑牛下班后，听说丈母娘被邻居打了，勃然大怒，扬言道，老子迟早一天要杀了白婶全家！

两个女人见男人喊杀喊打，心里顿时惊恐，忙找些大事化小小事化了的好话宽慰黑牛。

这几天矿里忙，脱不开身，过一阵再说。妈，你先住下，过几天我去找她算账。我饶不了这个老妖精！黑牛说完，依然是咬牙切齿。

夫妻睡前，黑牛听黑妹说看伤花了一百多块钱，不由得埋怨老婆，就你喜欢揽事。

那是我妈呢，不是外人！

怎么不是外人？她为什么不去县城找你哥，偏来找我们？相对你哥，我们还是"里面人"？

温暖一条叫温暖的狗

黑妹一听气了，又找不出什么话来反驳。黑妹撅着嘴不理他，拿出女人的绝活儿——面朝墙，背靠郎。

今晚，夫妻本来打算亲热的。饿了好几天的黑牛，把手搭过来，想搂住老婆哄几句。黑妹气呼呼地把他的手甩开。黑牛接着死皮赖脸，黑妹又把他的手甩开。黑牛再搭，黑妹再甩……黑牛气了，也甩个背影给老婆。

两人干憋着，谁也不理谁。

天亮了，黑牛黑着脸，早饭也不吃，上班去了。

黑牛神情恍惚，随便套了件工作服，戴上矿灯，和一帮工友坐进吊桶，一声不吭地下到离地面500米的井下。

挖煤是个苦活儿，好在大家天性乐观，黄段子一筐一筐。大家一边干活儿，一边起哄，让老歪接着昨天讲他与秋二娘隐私的事。故事是真是假，大家不管，关键是得出彩。

老歪眉飞色舞。一帮汉子如痴如醉，甚至忘了手里的活儿。

老歪天生是个优秀的故事家，他火辣辣的现场直播，撩得黑牛欲火焚身，心里愤怒地骂着老婆，不由自主地摸了根烟叼在嘴上，掏出了打火机。还没等工友惊叫完，"啪"地一声，打火机蹿出火苗，随之一声巨响炸开，大地颤栗。

瓦斯爆炸！特大矿难！117条人命！

那只蚂蚁不知道这些，依旧从洞穴里爬出来，暖融融的阳光，舒坦地晒着它的细胳膊细腿。

35

寡　人

父亲是个孤儿，9岁死父亲，11岁死母亲，15岁死奶奶。

奶奶死的时候，父亲正念初二，赶回家，悲恸地号啕："以后我孤家寡人一个，怎么活啊！"从此，"寡人"成了父亲的绰号，全村人都这样唤他，唤"叫花子"一样充满怜悯之情。父亲似乎满不在乎，张口闭口也是"寡人"如何如何，以此取代"我"。

父亲娶母亲时，母亲不大乐意。媒婆在一旁劝导，他就寡人一个，一人吃饱全家不饿，负担轻呢。父亲却笑道，你嫁给寡人，就不是一般人了。父亲确实不是一般人，偌大的夏阳村，数百人之众，很长时间里只有他读过初中，算是半个文化人。随着后辈读书人越来越多，再加上电视里古装剧的风行，有好事者曾经找父亲理论，一副文革时的口吻，你自称寡人，什么意思，想做皇帝？

父亲大度地笑道，全村人叫寡人叫了几十年了，你以

温暖一条叫温暖的狗

为寡人愿意啊,打小孤苦伶仃一个。你喜欢,拿去用好了!对方立马避瘟神一样逃之夭夭,一边逃,一边说,还是你用好,还是你用好。

我长大后,就"寡人"一词问过父亲。父亲沉默了一会儿,伤感地说,那是俗人的理解。皇帝诸侯自称"孤"或者"寡人",不是狂傲自大,而是满目繁华,内心深处却孤独落寞,和"举世皆浊我独清,众人皆醉我独醒"一个味儿,有清高,也有凄凉。那一刻,我望着一天到晚笑呵呵的父亲,蓦然一振。想想也是,父亲心气高呢,宁愿常年奔波在外,忙碌他的生意,也不愿意待在家里正儿八经地种田。多年来,他和全村人都是若即若离,也不在外交朋结友。

父亲所谓的生意,无非是鸡毛换糖,走村串户,和收破烂没什么区别。但他不是这样认为的。他每次出去,衣着体面整洁,中山装上衣的口袋里,常年别着一支钢笔。

有一年除夕,父亲照例是踩着团圆的爆竹声走进家门,照例带回了一家人过年的年货,还有我们兄弟姐妹四个的新年礼物。那次,父亲特别高兴,喝了几杯谷烧酒,满面红光,他抹了抹嘴,从怀里掏出一个小匣子。匣子是木头做的,上面雕龙画凤,极为精致。他打开匣子,从里面捧出一枚鸡蛋大小通身碧绿的印章,诡秘地说,这个啊,老古董,价值连城,是武则天用来诏令天下文武百官的,和玉玺差不多。我们那时年龄尚小,不知道谁是武则天,也不知道玉玺是什么,但隐隐约约感觉这次家里发大财了。

父亲招了招手,让我们俯首过去,像地下党开会一样,

37

社会万花筒之中国微小说系列丛书

咬着我们的耳朵说，是的，寡人这次真的发大财了，你们一定要守口如瓶，千万不能对外说出去，否则寡人要坐牢的。

我们兄弟姐妹四个吓得一个劲儿地点头。母亲紧张地问，你不会是偷来的吧？

嗤，什么偷来的，寡人怎么会干那下三烂的事儿。是收来的，50块钱，寡人现在身无分文。我们听了，大吃一惊。要知道，那时的50块钱，对于我们这样的家庭来说，简直是一笔巨款。镇长一个月的工资才28块钱呢。

后来，父亲讲述了他收购这枚印章的过程。说是在湖南的一个古镇上，一个大户人家还未平反，经济拮据，刚好遇到他去鸡毛换糖，就把他拉到里屋，问他要不要，说这个是唐朝女皇帝武则天的印章，和玉玺差不多，开价100块钱。对方还诉苦道，要不是阶级成分不好，要不是等钱过年等米下锅，打死也不可能出卖这祖传几十代的宝贝。父亲说，寡人一个鸡毛换糖的，哪有这么多钱。对方认真看了看父亲，说了一句话，那句话直击心扉，彻底消除了父亲的顾虑，让他当场倾囊而尽。对方说，我看你非平庸之辈，眉宇间隐隐有天子之气，拿去吧，这叫弃暗投明，物归原主。父亲说，寡人身上只有50块钱。对方说，那我就半卖半送，谁叫我三生有幸，遇到您这样的贵人呢。

那一晚，我们家过了一个有史以来最为快乐的除夕，微弱的煤油灯下，世界上最欢欣的六张笑脸，在小心翼翼地，争相传看这传说中女皇帝的御用之物。那一晚，山间所有的花，都呼啦啦地开放在这间低矮的土砖屋里，仿佛有一位亲戚，不，是亲叔

温暖一条叫温暖的狗

叔,在遥远的海外做国王,只要我们愿意,他可以随时用飞机接我们过去享受荣华富贵,锦衣玉食。而我们偏不稀罕,宁愿隐身于这穷村陋巷,自斟自饮,闲敲棋子落灯花,悠游滋润。

第二年的除夕,我们又将这快乐重温了一遍,父亲也再一次重述了那收购过程。他讲到那大户人家说他"非平庸之辈,眉宇间隐隐有天子之气"时,眉开眼笑,一脸的璀璨。慢慢地,几年累积下来,这快乐成了我们家欢度除夕的传统节目。我们也曾讨论过可以卖多少钱,但父亲一脸正色地说,多少钱都不卖,价值连城的宝贝,在寡人面前,一座城算什么?

也许是讲述的次数多了,挖掘出父亲说评书的潜能,随着岁月的增长,他演绎出了众多版本,亲情版,武侠版,科幻版,神话版,甚至还有穿越版,版本几乎是三年一小变,五年一大变,让人始料未及。甚至,有一年除夕,恰逢他和母亲闹了点别扭,父亲对这个印章的来历,有了全新的爱情版:一个大雪天的夜里,他经过一座古寺的门前,救起了一个晕迷在雪地里的美丽女子。那女子带他回家,留宿多日,分手时,十八里相送,依依不舍,女子以此印章赠别。我们兄妹四个紧张地看着母亲,谁也不敢言语。母亲哗地笑了,说,哟呵,我吃哪门子醋啊,哪个寡人没个三妻四妾的!

我结婚那年,妻子作为外人,第一次加入这个大家庭的除夕之夜。那一夜,她目睹一群疯子关门闭户的集体狂欢,深感惊诧。她接过那枚印章,反复看了好几遍,欲言又止。我忙在桌子底下踢了她两脚,她立刻领会了我的意思,挤眉弄眼地笑了,顺便把自己也变成了一个疯子。

社会万花筒之中国微小说系列丛书

扒火车

父亲扒过火车,在浙赣线上。

他扒的是拉煤的货车。火车经过车站时,父亲挑着一担米糖,身影如风,和火车进行赛跑。他的脚下,像装了风火轮一样,越跑越快。就在火车驶离站台的一瞬间,父亲纵身一跃,一手稳稳地托住肩上的担子,一手凌空攀上车门边的把手,三下两下,身手敏捷地上去了。那时,天边夕阳正在缓缓坠落,在这个背景的衬托下,父亲站在火车顶上黝黑的剪影,伟岸如松。

其实,这是我对父亲的想象,和儿时连环画上的铁道游击队差不多。我承认,这是我理想中的父亲。而现实中,父亲让我颇为失望,他个子瘦小,身单力薄,别说是挑一担米糖追赶火车,就是让他在平地上挑稍微重一点的担子,也是吭哧半天,举步维艰。但是,他确实扒过火车,在浙赣线上。

温暖一条叫温暖的狗

　　我老家丰城以产煤而闻名江南，素称煤海，途经的浙赣铁路，特意设了一个小站，每天挖出山一样的煤炭，从小站的煤场装运出发，过樟树，过新余，过宜春，过萍乡，一路西行到达湖南株洲，然后换火车头，转京广线南下或者北上。我的家，就在小站二十里地开外的一个小山村。

　　1977年冬末的黄昏，万物萧条，母亲挑着一对空箩筐，走在去镇子的路上，父亲袖着双手，缩头缩脑，亦步亦趋，跟在母亲的背影里。那时，寒风凛冽如刀，仿佛从平原那边一刀一刀割过来，两个人走到镇上时，又冷又饿，仿佛要虚脱。母亲娘家的舅舅住在镇上，开一爿铁匠铺。母亲带着父亲在她舅舅的店里，厚着脸皮囫囵喝了两碗稀粥，仰仗舅舅担保，在镇子东边的糖坊里赊了六十斤米糖。

　　和往年一样，母亲摸黑又送了五里路，把担子搁下，紧了紧父亲扎在破棉袄上的腰带，叮嘱道，警醒点，一家人能不能过个年，就指望你了。黑暗中，父亲点了点头。母亲又从怀里掏出两枚煮熟的鸡蛋，放进父亲里面衬衣的口袋里，说，明天你生日，带上吧。父亲又是点了点头，然后在母亲的注视下，挑着六十斤米糖，一步三颤，嘴边呼呼地冒着白气，像只鸭子一样摇摇晃晃，朝煤矿火车站的方向一路歪下去。

　　不远处的村落，隐在荒凉的山坳间，灯火稀疏，偶尔几声狗吠，在寒冬的夜空中，空荡荡地响起，空荡荡地落下。父亲走走停停，停停走走，凌晨四点，终于到了煤矿火车站。偌大的车站，空荡无人，几盏昏暗的路灯，亮在半空中，异常冷清。

41

社会万花筒之中国微小说系列丛书

父亲观望了一阵,然后蹲在铁路脚下,从箩筐里摸出两个用针线缝补起来的大蛇皮袋,将箩筐套在里面扎牢固,还特意在外面留了很长的麻绳。忙完这些,他爬上火车尾部的一节露天车厢,手攥住麻绳的另一头,像用水桶在井里打水一样,站在车顶边沿,将那两个大口袋吃力地拽了上去。

这时,一盏马灯从扳道房里游离出来,灯光昏黄如豆。父亲忙猫腰隐在旮旯里,心里无比恐慌。那盏马灯一路逡巡,从车头到车尾,走走停停,走到父亲这边的车厢停住了,父亲听见脚底下有男人瓮声瓮气的嘀咕声,今天老汉我六十岁生日,高兴哩,每人发六个馒头。紧接着,车下扔上来一个塑料袋,准确无误地砸在父亲头上。父亲瞬间明白了什么,忙站起身去看——一个穿铁路制服的老人,举着马灯,左脚有些跛,已经踅回身,一高一低地朝车头摆去,不时往车厢里扔东西。

原以为神不知鬼不觉,没想到还有一群同路人,更没想大家早已在老人的眼皮底下。父亲看着老人远去的灯光,温暖无比,他想说些"寿比南山,福如东海"之类的祝福话,但话到嘴边,还是咽了回去。父亲捏了捏自己衬衣口袋里两枚圆溜溜的熟鸡蛋,踮脚望了望老家小山村的方向,眼泪无声地涌了出来。

火车是在第二天下午才出发的。

火车一声长鸣,浑厚深沉,惊醒了沉睡在煤堆里的父亲。他蓬头垢面,全身黑乎乎的,像一个挖煤工。父亲探出脑壳,警觉地看了看四周。冬天的下午,没有阳光,天幕低

温暖一条叫温暖的狗

垂,病恹恹的,满是阴霾。远处,是枯瘦的山水,空旷的田野,还有一排排光秃秃的直刺向天空的白杨树。火车过樟树,过新余,过宜春,一路呼啸,向西驶去。火车头喷出的一团团白雾,在暗哑的黄昏里,炊烟一样袅袅升起,把父亲看得如痴如醉。

父亲心想,家里该喂猪打潲,做晚饭了。

乡 愁

我不知道他叫什么，暂且叫他小吴吧。

第一次盘问小吴，真不能确定他在我眼皮底下多久了。偌大的天安门广场，游客络绎不绝，人头泱泱如过江之鲫。大家背对巍峨的城楼，无不在忙着摄影留念，"茄子"声此起彼伏。小吴不是这样。他到处转悠，瞅瞅这个，看看那个，时不时还支棱起一对耳朵，像一条狗一样撵在人家身后，偷听人家在讲些什么。

形迹可疑。

我作为广场的巡逻人员，截住他，问，你干吗？

他捏着衣角，嗫嚅道，我在丰台那边打工。

我是问你来天安门广场想干吗？

没干吗呀。

老实点，我注意你不是一回两回了，你老盯着人家游客干吗？

温暖一条叫温暖的狗

我……我在找人。

找谁？

找老乡。我来北京三年，还没遇到一个老乡。

我鼻子一酸，拍了拍小吴的肩，叮嘱道，注意点形象，别太露骨，更不准妨碍人家。

他眼里汪着泪，点点头。

天安门广场，草原一样广袤，来自祖国四面八方的人群，河流一般朝这里涌来。黄昏时候，夕阳之下，人流涌得愈加湍急。小吴迎着无数面孔走去，仔细辨别暮色下的每一张面孔，每一句方言。

夜深了，广场上游客稀疏，灯火慵懒，小吴拖着疲惫的身躯，追上了20路公交车。公交车从我跟前一闪而过时，我看见小吴抓着吊环，挤在一群人中间，眼里满是恋恋不舍。

小吴来的时间很固定。每个星期天早上，换乘三趟公交车来，晚上又换乘三趟车回去。我巡逻时经常遇到他，有时会问，找到了吗？他总是一脸黯然。

有一次，我发现他神情大异，跟着一个旅行团很久，最后还是悄悄地离开了。我问他，不是吗？他失望地答道，不是，是隔壁那个县的。

隔壁那个县也是老乡啊。

他摇了摇头，固执地说，连一个县都不是，能算是老乡吗？

我安慰他说，实在是想家了，就回去看看吧。

他冷笑道，回家？我爹在山上打石头被炸死了，那个女

社会万花筒之中国微小说系列丛书

人改嫁去了外省,哪有什么家?说完,撇开两条瘦腿,消失在人海中。

小吴找到按照他定义的老乡,是在一个下午。远远地,看见他和一个夹着公文包的中年男人在国旗下拉扯。我立即赶了过去。小吴看见我,激动地说,他是我老乡,绝对的老乡!

那中年男人甩开小吴的手,整了整领带,呵斥道,老乡?谁他妈和你是老乡,老子是北京人!

小吴说,你要赖,你刚才打电话说家乡话,我听出来了,你是我们县城的。

中年男人厌恶地挥了挥手,骂道,神经病。白晃晃的太阳下,小吴单薄的身体晃了一下。

这件事后,很长时间没有看见小吴在眼皮底下转悠了。我心中不禁想,是死心了,还是离开北京了?这孩子,挺好的,时间长了没见,还真让人心里有点挂念。

小吴再一次出现,是带一对老人来看升国旗。这对老人脸色凄苦,衣衫褴褛。我问他,你找到老乡了?

小吴说,没呢。他们是一对聋哑夫妇,东北的,也没有老乡,我就对他们说,我们做老乡吧。

我欣慰地笑了,说,那加我一个吧。

小吴狐疑地问,你?

我看着远方,沉默了一会儿,凄然地说,我在这里巡逻快三年了,也没有一个老乡。

诗人老黑

老黑来东莞以前是个诗人，在湖北老家的小县城里颇有名气。

一天早上，老黑骑自行车上班，在街拐角处，把一位去菜市场的老太太撞翻在地。老黑忙招了一辆的士，把老太太送到医院。又是拍片又是验伤，一轮忙乎下来，花了老黑一千多，也就是说他这个月的工资泡汤了。

老太太的三个儿子接到老黑的电话赶到医院时，已经是下午了。老黑的块头很大，面对老太太三个身材矮小的儿子，非常诚恳地说：三位大哥，对不起，我是肇事者，我愿意承担一切责任。

三个人面面相觑，惊恐难言。其中一个壮了壮胆，说：你是说，你是肇事者？

老黑点了点头。

那人似乎怀疑自己的耳朵听错了，重复道：你是说，我妈是你撞的？

对呀！老黑不解地再次点了点头。

那人忍不住"扑哧"地一声笑了：兄弟，别逗了，你如果真是肇事者，干吗还在这儿？

老黑急了，说：你们可以问问老人家呀，确实是我今早赶着去上班，车蹬得有些快，一不小心，把老人家给撞趴下了。

老太太在一旁痛得龇牙咧嘴，这时，刚缓过来一口气，插嘴道：是他撞的。

那人冷笑，说：妈，事情肯定没您想的那么简单，如果他真是肇事者，早跑没影了。他凭啥不跑？脑子进水了？天下哪有这样的傻子，把您撞了，不仅不跑，还主动垫钱，像伺候亲妈一样伺候您。这不合乎常理呀！现在的社会防不胜防，骗子可多了，人家故意撞您，把您送这儿，是因为惦记上您了。您说，人家惦记您一个破老太太干啥？无非是您那些存款……

老黑怒不可遏，冲上去和那三兄弟论理。没扯几句，双方直接在医院里气势恢宏地干上了。警方赶到时，大家鼻青脸肿，互有损伤。警察一边怜悯地打量着老黑，一边给那三兄弟上思想政治课：你们要相信，这个社会，啊，最终还是好人多嘛！

老黑彻底愤怒了。

愤怒出诗人。

老黑最著名的一首诗叫《求婚》，曾经在圈内广为传

温暖一条叫温暖的狗

诵：姑娘/我丁香一样的姑娘/我想和你在幽怨的雨巷/制造车祸现场/做你肥胖的肇事者……

也许是在老家没有找到可以"制造车祸现场"的雨巷，两年后，老黑只身南下，来到了东莞。

老黑来东莞后，问朋友借了不少钱，在东城开了家咖啡馆，名叫春天餐屋。春天餐屋的生意却不怎么春天，开张那阵子，很多朋友来捧场，夏天般喧闹过后，顾客一天比一天稀少，最后随着时令一起进入了残荷满池的寒秋。

老黑盘点一番，慌了，大半年下来，除了每天混个肚饱，亏得一塌糊涂。老黑想，冬天还远远没来，老子没有理由陪雪莱一起傻等春天吧。

老黑在门口贴出了转让的告示。

很快，有人想来接手。接手的人来看店面的那天，刚好有两拨老乡在这里开party，人头攒动间，大家像一群疯子，高声朗诵着老黑永垂不朽的诗歌，一边碰杯一边玩"求婚"，场面热闹非凡。接手的人见此场面，很是激动，表示同意转让。

老黑如实相告，你要考虑清楚，今天是开张以来最红火的一天，平日里的生意非常冷清，我都亏了好几万了。

接手的人一听生气了，说，我都满口答应了你的转让条件，你还骗我干什么！别胡说八道了，我相信自己的眼睛。

老黑急了，说，我不是普通的贩夫走卒，我是诗人，我用诗人的名义发誓，我绝对没有骗你！

接手的人冷笑，诗人？诗人都是疯子，有几个正常的？

有谁会在转让时说自己生意不好的？靠！疯子都能把生意做得这么火爆，我还怕啥。

老黑越描越黑。描到最后，接手的人和老黑差点要翻脸了。

接手的人担心老黑变卦，赶忙付清了转让费，把老黑打发走了。

接手的人依然开咖啡馆，虽然换了店名，但生意有如老黑的翻版，夏、秋、冬，一蹶不振，一季不如一季。

接手的人望着空空荡荡的店里，一拍大腿，幡然醒悟：那诗人是故意请一帮人来钓老子鱼的。

世　界

这小说该怎么写呢?

一个春雨飘摇的夜晚,他——一个小说家——坐在一家饭馆里,望着远处的那两男一女,愁眉苦脸地构思他的小说。

饭馆位于一条偏街上。对门是一家破旧的宾馆,楼顶上的霓虹灯缺鼻子少眼,在风雨中凄冷地一闪一闪。他点了一盘白切肉,一碟花生米,就着三两老白干,低头闷声吃着。偌大的饭馆,只有他一个客人,还有一个不那么漂亮的女招待趴在服务台前,单手支着下巴,正在打瞌睡。

一阵凛冽的夜风,穿堂而过,慵懒欲睡的灯光,潦草地晃了两下。随后,一切又恢复到了最初的沉思中。

不知何时,他猛地一抬头,发现离他较远处,凭空多了一桌客人,那两男一女,仿佛是从地底下冒出来似的。他们坐在窗户旁,正围着火锅,一边吃一边低声交谈。火锅冒出来的腾腾热气,梦幻一样,将三人牢牢地锁在里面。

他点燃一支烟,在昏暗的灯光下,默默地望着那两男一女,心里不由漫想:春雨迷漫的夜晚,大街上空荡无人,陌生的饭馆里,两男一女的三人世界,绝对是个好题材。

怎么写?

两男和一女,会不会一个是丈夫,一个是情夫?二男侍一女,三人共枕眠?想到这里,他不由有些兴奋:那女的肯定超级有钱。现在满世界不是流传男人一有钱就变坏,女人一变坏就有钱吗?那女人有钱后,这个段子应该如何续写?他猛吸了两口烟,悠悠地喷出一团烟雾,眼前白茫茫地一片——女人有钱后,少数一根筋认死理的会从良,大部分会脑筋急转弯,笑眯眯地甩几个钱出来,看着男人一点点变坏。也不对!他们的座位不对。如果和自己丈夫、情夫一块儿吃饭,会像打麻将那样,一个人坐一边。或者,像开董事会一样,女人居中,男人分坐一旁。他们不是这样坐的。女人自己和一男人坐一块,另一男人在对面倍显孤单。

显然不是情夫,那是——青梅竹马的初恋情人!哈,本来是专程,却撒谎说顺道路过,千里迢迢,只想来看看。看啥?初恋情结惹的祸。自己前年不也鬼迷心窍,去了一趟青岛吗?看见小梅变成了老梅,他跳黄海的心都有。唉,相见不如怀念,不如怀念啊。正当他一声叹息,那桌人中,有男人站起来给另外一个敬酒,似乎神情煞为恭敬。他莞尔一笑,想起了张镐哲的那首歌:今夜让泪流干,敬你爱人这一杯……

温暖一条叫温暖的狗

想到那首歌,他有些莫名地担心起来,这俩男人会不会打起来,甚至动刀子?对,打起来好!打起来就是另外一个故事了——

某饭馆,三人酒足饭饱后,其中两个男人不知何故争辩不休,瞬间撕打成一团。末了,力弱者落荒而逃,力强者撵在身后喊杀喊打,顷刻间,消失于茫茫人海中。等到一直忙于劝架的老板醒悟过来,回头再寻那女人,踪迹皆无。

不行,这样的小伎俩早被写烂了。再说了,这年头谁还会为一顿饭钱,而上演这样的苦肉计?他苦笑着对自己摇了摇头。

一个春雨飘摇的夜晚,他坐在一家饭馆里,望着远处的那两男一女,愁眉苦脸地构思他的小说。

在他抽了几根烟后,那女的也站了起来,向坐在对面的男人毕恭毕敬地敬酒,兴高采烈地说着什么。他竖起耳朵听了一会儿,由于距离颇远,难以听出个名堂来。他又琢磨了一会儿,慢慢明白了:坐一起的应该是一对夫妻,他们肯定是有求于对面的那个男人。嗯,错不了,绝对是有求人家,否则这世界,哪里会两口子一起出来联合作战。

一对夫妻面对一个男人,有求于啥呢?他心里冒出来的第一个念头是:借种!

很快,他就意识到了自己的滑稽。因为他趁着上厕所的机会,路过那两男一女身旁,特意凑到跟前观察了一番。那对夫妻中年模样,而那男人则年长不少,几乎是一老头了。这怎么可能是借种呢,要借,也会问年轻力壮的我借,怎么会轮到那糟老头呢？他哑然失笑。

不借种，那借啥？面对一半百老头，借啥？有了，是借路子。那老头是一领导。不像，那老头一身破旧，怎么会是领导呢？

不是领导，会是啥？如此恭敬，会是啥？他口里念念有词，开始有些走火入魔了。他翻过来倒过去地想，反反复复地想。突然，他正抓着几颗花生米准备往嘴里送的手停顿在半空中：不是领导，那肯定是在领导心目中举足轻重的人，最起码也是能说上话的人，比如领导远在乡下的父亲、领导二奶的舅舅、领导小学的老师、早年资助领导上学的村干部，甚至领导家的厨师、领导单位上看大门的，还有领导的领导远在乡下的父亲……他的手禁不住抖得厉害，几颗攥了半天的花生米掉在桌上，咚咚有声。

太有才了！他露出了得意的微笑。很快，悠然地吹起了口哨……

街上的雨，慢慢地小了。檐雨滴三减四间，两男一女起身离开。

他们没给钱！女招待睡着了，我也可以白吃一顿——他压住内心的狂喜，猫着腰，蹑手蹑脚地离开了座位。就在他一条腿刚要迈出大门时，那个不那么漂亮的女招待，鬼魅一般出现在他的面前，笑眯眯地说：先生，请埋单。

他打了个饱嗝，指着闪入对面宾馆的那三条黑影，自我解嘲地说，我看见他们吃完就走，还以为你们这里吃饭不用钱呢。

温暖一条叫温暖的狗

女服务员怔了一下,转而不那么漂亮地笑了。她说,他们是对面宾馆的老板和老板娘,每年的今晚,都要亲自为那个守夜的老大爷过生日。大家老熟人,月结呢。

他彻底傻了。

他走出饭馆时,手机突然响了。响了半天,他深深地叹了口气,摁通手机,乌着脸说:宝贝,这段时间我老婆管得特严,你多理解一下。下个月,下个月我保证带你去上海看世博……

虚 构

水里面的那个倒影是我吗?
很多的时候,我们都在虚构自己。

——何立伟

矮哥是我朋友,人矮,难看不说,且胖,状如冬瓜。矮哥的老婆阿月,高挑俊俏,且瘦,形似竹竿。更让人诧异的是,阿月小他15岁。有一个经典的段子:阿月临产时,护士催着家属签字。矮哥屁颠屁颠地跑了过去。护士呵斥,爷爷不能签字,叫爸爸来。矮哥面红耳赤,难堪地解释道,我就是爸爸。这段子,很长时间,在朋友圈子里被传为笑谈。真不能责怪人家护士有眼无珠,矮哥和阿月挽手走在大街上,确实不太般配,更别说是结发夫妻了。

我作为一个写小说的,对他们的故事很感兴趣,想探究一下当年的那些风花雪月。

温暖一条叫温暖的狗

我问矮哥。

矮哥说：主要是缘分，缘分来了，门板都挡不住。那年，我37岁，一个人吊儿郎当的，在纸厂上班。一次傍晚下班后，在厂门口的小卖部打电话。中途，她也来了，也要打电话。她可能有急事，在我身后催了好几次。我当时心情不太好，见她那么着急，就故意为难她，长时间霸着电话机，到处找人海聊。她最后急了，一把夺过电话筒，嘴里骂上了。我是谁？我怕过谁？她这么张狂，我还不收拾她？我们两个人开始吵架，她骂不过我，就动手了。你别说，你嫂子当年不仅人漂亮，而且力气也不小，十几个回合，我才把她按翻在地，结结实实地修理了一顿。这事儿最后闹到了厂保卫科，我被责令写检查、罚款。我事后想想，觉得自己一个大老爷们挺不应该的，于是找她赔罪。找多了，就慢慢热乎上了。

我羡慕地说：这叫不打不相识。矮哥嘿嘿地笑，补充道：对，不是冤家不聚头。

过后不久，我去矮哥家里，他不在，阿月在。我刚好无事，便坐在他家里和阿月闲聊。我旧文人式地感慨：没想到每个人背后都有一个江湖，没想到你们也有激情燃烧的岁月。

阿月哈哈大笑，说：你呀，就喜欢听他胡说八道。谁和谁打架，扯起来像武侠小说里的神雕侠侣一样，还十几个回合呢，笑死人了。我在这儿无亲无故，老家山沟沟里穷得一塌糊涂，我找谁打电话？

我惊讶不已：那你们是怎么认识的？

社会万花筒之中国微小说系列丛书

阿月皱了皱眉，说：其实，我们是别人介绍的。你矮哥是本地户口，厂里的正式职工，又是工会副主席，我那时是外省来的一个山里妹，在厂里打杂。厂长见他一直单身，可怜呢，就好心撮合我们。我起初不太乐意，嫌他年纪大，人又矮，但又不好得罪厂长，一直含含糊糊没有表态。后来厂里刚好有一个转正的指标，厂长找到我，说只要我答应嫁给矮哥，就把指标给我。我思前想后，觉得他丑是丑了点，但人不坏，骨子里挺老实的，于是就答应下来了。

原来是这么回事。我泄气了。风花雪月啊，对于居家过日子，永远是一种传说。

一年后，矮哥的大舅子，也就是阿月的哥哥从老家出来找工作，找到我，恳求帮忙。事情办妥后，阿月的哥哥出于感激，扛来一大堆山货，顺便在我办公室坐了一会儿。期间，聊起阿月，她哥哥激动地说：胡扯，什么转正，想做城里人想疯了。她的户口，还有她小孩的户口，现在还挂在我那里，村里每年给她们分山地呢。

我惊问：那他们是怎么认识的？

阿月的哥哥叹了口气，停顿了许久，眼里含着泪说：现在想来，其实挺对不住我妹子的。她当时在外面打工，我父亲车祸，急需五万块钱动手术。你知道的，五万块钱对于我们这样的家庭来说是怎样一笔数字。迫于无奈，我妹子做出了一个惊人的决定，谁给五万块钱救我父亲，就嫁给谁。那时，我妹子才22岁，黄花闺女呢，呜呜……说着说着，阿月的哥哥动情地哭了。

温暖一条叫温暖的狗

我双手在脸上痛苦地搓了搓，说：你的意思是最后矮哥出了五万块钱，把你父亲救了？

阿月的哥哥擦了擦眼泪，点了点头。

我问：阿月就心甘情愿？

阿月的哥哥说：开始是不太乐意，但是钱已经花了，人已经救了，说过的话不能不算数。她别扭了一阵子，还是嫁了。

我心里充满无限酸楚。我难以置信的是，那天阿月笑哈哈的背后，竟然藏着天大的委屈。这种委屈，让我难以释怀。当有一天，我把这个故事的前前后后讲给一个朋友听时，他的一番话，让我瞠目结舌。

朋友说：矮哥和阿月，只有我知道是怎么回事。什么五万块钱，我告诉你，阿月从小就是孤儿，父亲在她八岁那年就得肺结核死了。还车祸，阿月老家那里，与世隔绝，我怀疑很多老人一辈子都没见过车。再说了，矮哥就那点破工资，一个单身汉，花钱没有节制，哪里来的五万块钱？这不是天方夜谭嘛。我当时是纸厂的办公室主任，他们的情况，我最清楚。其实哩，这事儿，说复杂则复杂，说简单则简单。

说到这里，朋友诡秘地笑笑，四周看了看，手挡在嘴边，贴着我的耳朵说：当初，阿月在我们总部做清洁工，被董事长看上了。肚子搞大后，董事长夫人知道了，哭哭啼啼，闹得满城风雨。董事长找到我们厂长，想火速灭了这场风波。我们厂长又找到我。我合计了半天，最后想到了矮哥。矮哥当时只有一个条件，先打胎，后结婚。

我瞪大眼睛看着朋友，半天，犹犹豫豫地说：这不是潘金莲的现代版本吗？

朋友撇着嘴说：你以为是什么好货噻。

一对平常的夫妻，只因为外貌和年龄的差异，竟然演绎出了四个截然不同的版本，而且每个版本都是那么真实，那么具有可信度。我不敢再深究下去了，因为知道接下来肯定还会有第五个、第六个版本源源不断地涌来。

写到这里，我孱弱如泥，深感恐惧。妻子在一旁读完，笑道：胡编乱造，瞎虚构，谁是矮哥？你的朋友圈里，有这号人吗？我怎么不认识。她又摸了摸我的头，打趣道：不会就是你自己吧？

我得意地笑了。

小城故事

从县政府往东走，是一个长长的下坡。当然也可以这样说，从国税局往西走，是一个长长的上坡。这个从县政府到国税局之间长长的下坡或者说是长长的上坡，在小城呈树状的结构图里，扮演着极其重要的树干的角色。换句话说，小城的发展，就是以这个长长的坡为中心轴，于两边摊鸡蛋饼。

这个长长的坡，有多长呢？

1960步。每次上坡或者下坡，他要走1960步。如果换算成以米为单位，大约是850米。

你也许会问，为什么偏偏是1960步，就不会多一步或者少一步？你如此较真，我也没办法。我只能这样告诉你，他是个孤独的人，性格内向，职位卑微，每天浑浑噩噩地活着，像你我一样。有一天他突发奇想，这个长长的坡，这条中心轴，也是小城唯一的主干街道，如此重要，那么有多长呢？准确来说，就是从县政府门卫室到国税局门卫室，到底有多远？

这个故事发生在早年，他没有远距离的测量仪器，没有任何代步工具，也没有城建资料可查，只能靠两条腿。他自信1960步这个平均数值是绝对的权威，因为一个月，足足一个月的时间，他走火入魔一样，全耗在这一大堆数据上了。那一个月里，小城多了一道引人侧目的风景：一个瘦高个，目光专注，在长长的坡上，上坡或者下坡，于小城的夜色里不疾不缓地迈着方步，从国税局门卫室到县政府门卫室，然后从县政府门卫室到国税局门卫室，一个晚上一个来回，风雨无阻，像一个严谨的科学家。他一边走，一边嘴里念念有词。偶尔，被人问路或者插话或者受到其他干扰，一时忘了嘴里的数据，他会懊恼地折转身，回到刚才的出发点重新走过。

一个月后，他虽然不再干这事儿了，却不可救药地迷恋上了散步。每个晚上，他不在这坡上溜达个来回，溜达个3920步，就感觉浑身不舒泰。时间长了，他的身上发生了非常奇怪的变化。每当深夜，街上行人少了，他便溜出门，口袋里装得鼓鼓的，像一个要去行侠仗义的侠客。可是，他在街上的表现更像一个贼，无声无息，幽灵一般隐在黑暗里，专门盯着人家单身女性不放，尤其是伫立在邮筒边的年轻女孩。他有时会躲在远方观察，有时会猫在近处揣摩，有时还会凑上去围着人家转圈，细细地打量人家。他像一个苛刻的猎人，在寻找完美的猎物。时间久了，他的诡异引起了巡逻的警察注意。他被毫不客气地请了进去。

温暖一条叫温暖的狗

警察在他鼓鼓的口袋里搜出不少东西：一盒火柴、几粒润喉糖、一张邮票、一块手绢、一支笔、一小瓶胶水、几枚硬币和半盒有点压弯了的香烟。他的胳肢窝里，还夹着一把伞。警察皱了皱眉，说："老老实实交代吧。"

他当然得老老实实地交代。他说："我日子过得挺无聊的，看见别人成双成对地遛马路，就想找一个对象，成一个家。"

警察指着摆在桌上的那些东西，诧异地问："就凭这个能找到对象？"

"嗯。这些东西都是我精挑细选的，以备不时之需。我希望在一个雨夜遇到她，她正处于失恋阶段，拿着一封没贴邮票的信在雨里徘徊。她想立即寄出这封信，结束一段不该有的感情。如果刚巧我路过那里，我会借给她一张邮票，还有胶水，以及写收信人地址的笔。对了，还有这把为她遮风挡雨的伞。如果她禁不住雨夜的寒冷，咳嗽几声，或者因为伤心难过而哭得喉咙嘶哑，我可以递给她几粒润喉糖和一块擦眼泪的手绢。"

"那烟和火柴呢，你抽的吗？"

"我不太抽烟。但是有些女孩喜欢在那种场合下抽烟的男人，觉得酷，有安全感。当然，她也可以通过一支烟来平静自己。你不知道，其实我挺喜欢偶尔抽烟的女人，那样的女人有内涵。"

"那硬币呢？"

"我和她认识后，也像别人那样成双成对地去遛马路，遇到可怜的乞丐，可以掏几枚出来，让她成为天下最幸福的女人。"

警察哭笑不得，揶揄道："看样子你心很细，适合写小说。"

他不知道警察是表扬他还是批评他，尴尬地笑了笑。

警察拿他也没办法，口头警告了几句，就放他回家了。

以后的深夜，他继续像一个幽灵一样，游荡在这长长的坡上。两年下来，上坡或者下坡，来来又去去，七百多个1960步的往返，他的口袋里依然是鼓鼓的。显然，他没有等到该等的人。

他深感憋屈和苦闷，尝试着用文字去装饰自己的梦。在文字里，他安排自己遇到了一个心仪的女子，在某个倾盆大雨之夜，他们幸福地相拥在一起。这文字，很快就在省城的文学刊物上和读者见面了。和那个警察说的一样，他确实很适合写小说。因为这两年来，他无意中发现了这座小城太多鲜为人知的故事。他把这些故事源源不断地变成文字，发表在省内外各大报刊杂志上。

从此，小城又多了一个故事：坡下国税局门卫室的一名临时保安，因写作成绩突出，上了一道长长的坡，被坡上的县政府录用了。很快，他就遇到了一个心仪的女子，当然和雨夜无关，也不在那道长长的坡上。

矮子和高子

夜漆黑如墨。

铁路上,信号灯忽明忽暗,鬼火样闪烁飘忽。远处,一列火车,星星点点,从黑夜深处蜿蜒而出。

火车在唐家圩的大拐弯处,放缓了速度,优雅地画着抛物线。火车喘出一团团白雾,汽笛开始长鸣起来,撕破了夜的宁静。几乎就在同时,一个皮箱,被抛出了车外。没人注意到这一切。

火车拐完弯,开始加速,轰隆轰隆,从唐家圩呼啸而过,向拖船埠方向驶去,不一会儿,又被黑夜所吞没。

一个黑影从铁路下的涵洞里蹿出,提起皮箱,拔腿就跑,瞬间消失得无影无踪。

这是矮子和高子第一次作案的情景。

矮子和高子是连襟。一天,无所事事的矮子,坐在无所事事的高子家里喝酒,商量着如何发财。耳闻屋后的浙赣铁

社会万花筒之中国微小说系列丛书

路上火车轰鸣,矮子和高子会心一笑……

从广州开往上海的特快列车上有钱的广东佬儿,成了他们的猎物。矮子头脑灵活,从广州上车,负责盯梢拎皮箱的老板。火车深夜经过唐家圩时,矮子趁旅客熟睡之际,偷偷把皮箱抛下车,然后到最近的停靠站——向塘站下车,天亮后搭公交车回来分赃。高子利用自家门口的优势,在铁路边负责接应。火车的鸣笛,是他们行动的暗号。

这计划天衣无缝,两人激动不已。抓了只公鸡,割了脖子,将鸡血滴入酒里,又点了三炷香。两人对着神位跪拜磕头,赌咒发誓——决不背叛对方,一人在,两家在!发完誓,两人将血酒一饮而尽,蓝边碗摔得咣当响。

从此,他们开始"吃"起了铁路。

第一次,非常顺利。矮子和高子坐在一堆花花绿绿的钞票中间,踌躇满志,意气风发。

于是频频作案。

同一时间同一地点,频繁失窃,且数目巨大,怎能不惊动警察?

一个深夜,矮子刚刚抛下皮箱,身后蹲伏的便衣一拥而上。高子提着皮箱一进家门,也被抓获。

警察连夜审讯。

没费多少口舌,两人都撂了。供词大同小异。

警察一合计,不对!矮子和高子供出的数额,比丢失的要差一大截。

再审。

温暖一条叫温暖的狗

再审,打不开缺口。

警察纳闷儿。这时,负责搜捕赃款的警察回来了。一清点,发现高子家的钱要多出不少。

重新审高子。高子得知事情败露,无奈如实相告:他每次得手后,先私吞一部分,然后再和天亮回来的矮子平分。反正矮子不清楚具体数额。所以,他的钱比矮子要多。

警察苦笑。

警察再合计,发现数额还是不对,还差一截。

又审高子。无论怎么审,高子都是那几句话。警察无计可施,只好审矮子。矮子死不招供。

警察玩起车轮战,一拨儿审累了,下一拨儿接上。一遍一遍地重复着,玩绕口令一样,把矮子折腾得疲惫不堪。

审着审着,警察发现了矮子的破绽。矮子先是说分得60万。几轮下来,变成70万。再几轮下来,成了80万。警察觉得矮子心里有鬼,便对破绽揪住不放。

最后,矮子顶不住了,彻底撂了。矮子说,他每次从唐家圩丢下一个皮箱后,过二十里地,又在拖船埠丢个皮箱下去,他老婆专门在那里候着。

警察听完后相互看了看,一脸惊愕。

老 贾

认识老贾，是在一个饭局上，白白胖胖，递给俺一张名片。名片上罗列了一大堆社会职务和头衔，密密麻麻中金光闪闪，光环般炫目。

俺发现只有两个头衔勉强算是精华——县作家协会主席和省作家协会会员。

饭局上，一桌人对老贾毕恭毕敬。

老贾一脸的庄重，高度近视的眼镜背后，藏着一副挺享受的表情。

后来，俺和他成了好朋友。

成了好朋友后，聊天便口无遮拦，用我们之间相互吹捧的话来说，就是有深度才有撞击，有撞击才有快感。

老贾家里琳琅满目，到处悬挂着他和省里一些知名作家合影的巨幅照片。

俺忍住笑，深度地对老贾说，名字即招牌，你弄这些玩意儿有啥用？名人就是动物，和动物园的动物一样，谁都可以凑上去乐呵一下。

老贾不好意思地挠了挠头。

俺开始撞击，戏谑道，省里的作家算个球！你龟儿子啥时候整一张和真正的大作家合影的照片，那才叫牛！

老贾眼睛倏地一亮，问，现在作家里面谁最牛？

俺低头寻思了半天，说，卡夫卡，现在到处都在谈论他，说他是现代派文学的鼻祖。

老贾开始快感起来，郑重地问，卡夫卡？哪个省的？

北京的吧，大作家都在京城呢。

老贾一脸高潮，看着窗外冉冉升起的旭日，如痴如醉地说，我们去北京！我要拍一张和卡夫卡合影的照片，做他的关门弟子，轰动全世界。

这本是狐朋狗友之间的调侃，这家伙却认真了，硬拽上俺一起去了北京。奔波了一个多月，托了不少关系，我们终于见到了文学泰斗卡夫卡先生。

卡夫卡挺和蔼。

这过程，俺想大家都可以猜想得到的，像电视里的新闻联播一样，无外乎是我们卡老前卡老后，卡了半天，献上一箩筐打了半宿腹稿的谄媚话儿。卡夫卡则满口谦虚，顺便关怀了一下我们敬爱的县作协主席老贾同志的文学创作情况。

当听说老贾在地区报纸发表了不少关于乡镇官场的故事和笑话段子，卡夫卡赞不绝口，把老贾激动得语无伦次。

俺对老贾使了个眼色。老贾立刻会意，直奔儿童不宜，卡老，耽误您这么长时间了，挺过意不去的。要不我们一起出去放松放松，找个地方洗洗脚？

卡夫卡爽朗地笑，说，放松是你们年轻人的事，正规洗脚倒是可以。

半小时后，我们仨躺在一间沐足房里，享受乡下小姑娘摇身变为技师的按摩手法。

热水舒服怡人，加上年事已高，卡夫卡很快睡着了，扯起了不雅的鼾声。俺压着嗓子，把洗脚妹赶了出去，然后对老贾挤了挤眼睛。

老贾咧嘴一笑。他没有按我们事先计划的那样走过去，俯身在卡夫卡面前蹲下，细心地帮他洗脚。这家伙坐在沙发上一动不动，像练气功一样酝酿了半天，手捏起左脚，"哎哟哎哟"，突然惨叫起来。

这驴般的叫声把俺吓了一大跳，也惊醒了卡夫卡。卡夫卡关切地问，怎么啦？

老贾满头大汗，龇牙咧嘴，痛苦地说，脚，脚抽筋……哎哟！

卡夫卡忙起身，走到老贾跟前，俯身蹲下，拿起老贾的左脚，轻轻地揉捏着，说，放轻松，不要怕，我早年行过医呢。"

俺掏出相机，在一旁不失时机地摁下了快门。

当俺写到这里时，正琢磨着如何结尾，妻子在旁边撇了撇嘴说道：胡编乱造，拿名人开涮。

俺有些尴尬。

温暖一条叫温暖的狗

俺不由想起了现实生活里的老贾,今天是他一周年的忌日,俺想写点文字纪念他。

省作协会员、县作协主席老贾,某天灵光一现,宣布准备写《变形鬼》、《村堡》、《审核》三部伟大的小说,沿着卡夫卡大师的足迹走下去,而且要超过他老人家,让其在九泉之下寝食难安。

这个想法很轰动。老贾拉了几家企业作赞助,请了一帮地区和省城的记者,轰轰烈烈,开了个动笔仪式。

庆祝晚宴上,有好事者问老贾,贾大主席,你能不能完成这三部小说?如果半途而废,那笑话就闹大了。

老贾喝了不少,满嘴呼着酒气,大着舌头说,能,肯定能!我下决心要做的事情,就一定能完成。我今晚就动笔写第一部!

掌声潮起。继续喝酒。

酒后,老贾还没来得及写一个字,就死了。

老贾打发走了一帮人,已是深夜,回家的途中,踉踉跄跄地路过护城河,一头栽了下去,无声无息。

社会万花筒之中国微小说系列丛书

阿毛的故事

　　阿毛小学毕业时，考了全镇第一名。
　　那年，市一中准备设少年班，召集全市前800名学生进行摸底考试，录取60人。录取后，不仅免去所有的学杂费，而且包吃包住，重点培养。
　　阿毛和表弟——他姑父的儿子都拿到了准考证。阿毛是第48名，他表弟是第235名。阿毛的姑父是城里单位上的一个股长，一个镇的人，却和阿毛说一口蹩脚的普通话。
　　考完后，阿毛的姑父用蹩脚的普通话问阿毛考得怎么样？
　　阿毛不会说普通话，只好说土话。阿毛说，不怎么样，好多题都不会做。
　　阿毛的姑父吃了一惊，说，不会吧？
　　都是不正经的题！语文试卷考猜谜语，考四大名著是什么，考小明的妈妈有三个儿子，大儿子叫大狗，二儿子叫二

温暖一条叫温暖的狗

狗,问三儿子叫什么名字?考戏剧和话剧的区别,考曹禺的原名。唉,作文题就更怪了,要我谈读《红楼梦》的心得。红楼梦是什么鬼梦?

阿毛的姑父怏怏地问,数学呢?你不是数学最好吗?

数学都出错了题目,问80减100等于多少?我答:老师,你出错了题目,根本不够减。更碰到鬼的是,竟然有x、y、z这样的语文拼音。考试时间也不够,有道题说1加2加3加4,一直加到100,问等于多少?到收卷时,我才加到69,时间太少了!

阿毛的姑父笑了笑,别转脸得意地看着自己的儿子,问阿毛的表弟考得如何?

阿毛的表弟一脸鄙夷地说,谜语和脑筋急转弯的题都不会,太蠢了!杂志上到处都是。哼,四大名著都不知道,还全镇第一呢!笑死我了,什么出错题目,那个80减100等于负20!1累加到100,还有方程式,哈哈,我老师早在课堂上讲过了。

阿毛傻眼了,立刻明白过来。

阿毛不服气地说,这不是欺负人吗?你们老师都讲过的题,拿来考我们乡下孩子干什么?哼哼!如果考什么时候下禾种、一年有多少个节气、牛屙什么样的屎,你们城里人肯定也答不上来⋯⋯

还没等阿毛说完,他姑父和表弟都笑翻了。

那次考试,没有录取阿毛,录取了他表弟。

多年以来,阿毛一直靠着这个故事活着,三番五次地给别人讲他当年全镇第一名的传奇,以至于整个工地的人都能够倒背如流,他还没有讲完上一句,就有人接上了下一句。大家在哄堂大笑中,尽情地模仿着阿毛的普通话。阿毛挠了挠头,尴尬地笑。

这天,工地上来了个新人。阿毛屁颠屁颠地跑了过去,接过人家手里的被褥,一边扛在肩上,一边讲起了他当年的全镇第一名。新人没有听过,很认真地听完后,说,你不能完全怪罪于先天环境,一个人的成功,关键还得靠自己后天的努力。我是大学生,不也来工地了吗?

阿毛愣住了。半天,阿毛嘴角挂着一丝冷笑,说,我初一就没去读,家里穷,读不起。像我这样,也许一生就那么一次机会,一旦失去了,就啥也没有了。再说了,我是当年全镇第一名,如果考上了大学,肯定不会像你这样窝囊。

那人无言以对。

阿毛忽然问那人,书呆子,你知道我表弟如今在做什么吗?他已经是副局长了,管着这座城市的基础建设。说完,不容那人接话儿,一把把被褥塞在他手里,拍了拍屁股,怒气冲冲地上了脚手架。

阿毛是一个泥水工。

温暖一条叫温暖的狗

在那遥远的地方

一

导演想风,都快想疯了。

可就是没有风。

七月末的大草原,烈日当空,天气闷热得像个大蒸笼,连一丝风的影儿都没有。

这是一个洗发水广告片的拍摄现场。厂家为了打开市场,不惜重金打造广告宣传片。他们聘请了国内知名的导演和一流的工作团队,还像求菩萨一样求来了一位正当红的影视歌三栖女明星。剧本敲定了,场景选好了,摄影、美工、演员等各部门均各就各位,却没有风。

没有风,这广告片还怎么拍?

导演急得抓耳挠腮,像草船借箭里的周瑜,背着手在地上不停地踱步,时不时地望一眼插在草坡上的旗杆。旗杆上的旗子像被掐断了脖颈，蔫头耷脑，纹丝不动。空气似乎被凝固了。

女明星躲在车里，吹着清凉的空调，百无聊赖。等到太阳落山了，女明星从瞌睡中醒来，望了望车外，哈欠连天地说，回吧。

第二天，一帮人早早地来了，坐在原地，整装待发。风像个淘气的孩子，似乎和他们耗上了。临到下午，女明星沉着脸，率先回酒店歇息去了。

第三天，亦是如此。女明星的脸色越来越难看了。

怎么办？不能这样干等了。剧组连夜开会。没有自然风，只能人造了。有人提出用鼓风机。女明星当即反对，说鼓风机风太大，一旦吹起沙粒草屑，伤了我皮肤怎么办？导演赶忙打圆场说，又不是拍武侠片，我们要那么大的风干啥，买电风扇吧，电风扇好。

这点子还真管用。

二十台电风扇，在灼热的阳光下，摆着不同的姿势，高低错落，气势磅礴，如同草原上朵朵盛开的向日葵：

在那遥远的地方，草原辽阔，居住着一位好姑娘。人们走过她的毡房，都是频频回头，留恋地张望。她那粉红的小脸，好像红太阳，她那美丽动人的秀发，在风中飘扬……

二

片子拍完了，大家又犯愁了：这二十台电风扇怎么处理？

温暖一条叫温暖的狗

导演看了看大家,说,总不能扔这里吧,要不每个人分一台?谁也不吭声。都是国内顶尖的精英人士,谁缺这玩意儿呀。再说了,总不能千里迢迢扛个累赘去挤火车上飞机吧?

制片主任想了想,问地陪,最穷的学校在哪儿?地儿不要太远。地陪沉吟了一下,说,赵家沟,翻过前面的山坡,离开大马路,走个三里地,就是赵家沟,学校的孩子可苦呢。导演听了嘿嘿地笑,问,是你村吧?地陪脸一红,尴尬地点头。制片主任说,没关系,就赵家沟,也算是对你这几天来工作的感谢。

这样,在回去的路上拐了一下,七八辆车浩浩荡荡开进了赵家沟小学。

学校正放暑假。地陪赶忙找来校长、老师和村干部,又召集了十几个学生。大家在坑坑洼洼的操场上,简单地弄了一个电风扇捐赠仪式,并合影留念。校长喜滋滋地对女明星说,这下可好哩,以后夏天就不用愁了。

女明星心头一热,掏出五百块钱塞在校长手里,叮嘱道,给孩子们买几支笔吧。剧组其他人员一看,也纷纷效仿。

校长眼里含着泪给大家鞠躬,一个劲儿地表示道谢:不巧遇上放暑假,娃不多,仪式太草了。

两个小时后,在一片敲锣打鼓的欢送中,七八辆车告别了赵家沟。尘土飞扬里,女明星一回头,猛然发现学校操场边燃着几炷香,一个上了年纪的女人跪在一旁,正对着他们的车影,虔诚地直磕头。

女明星问地陪是怎么回事。

地陪说，她是学校煮饭的，疯婆子，甭理会，她好迷信，肯定是把你们当菩萨下凡了。

女明星鼻子一酸，眼泪涌了出来。

三

剧组在赵家沟小学捐钱赠物的事迹，被当地有关部门写成了新闻。众多媒体纷纷报道。一时，好评如潮。

厂家非常满意这种效果。董事长在剧组的庆功宴上，举杯感谢大家为公司不仅创造了经济效益，也带来了不小的社会效益。董事长当即表示，再追加100万，作为奖金分给大家。这是题外话，扯远了。

该说说王东了。

王东是广东一个房地产商，爱好收藏。王东在网上看到这条新闻，突发奇想：这么经典的广告片，这么大牌的明星，这么知名的导演和团队，如果把那些电风扇收藏起来，若干年后作为历史的见证物重见天日，肯定会引起轰动，肯定会价值不菲。

于是，王东悄悄地坐飞机来到呼市，然后在一家物流公司租了一辆卡车，拉着一车新买的课桌椅，风尘仆仆地赶到赵家沟。王东的到来，把校长乐坏了。校长要找人张罗欢迎仪式，王东赶紧阻拦道，还是让孩子们好好上课吧，我不过是在做点自己该做的事儿罢了。

搬完课桌椅，王东让校长陪他到处转转。时，正值九

温暖一条叫温暖的狗

月,天气还是有些炎热。王东抹了抹脸上的汗水,问校长,为啥不给孩子使电风扇?校长解释道,刚开学,一切乱糟糟的,教室里还没来得及拉电线呢。王东看着破旧不堪的教室,说,拉电线又得费不少钱,为一台电风扇不值。校长迷惑不解地问,给娃们热天上课用,咋不值呢?王东说,他们是好心办坏事,我们城里的学校装的都是吊扇,哪有用台扇的。你想呀,这台扇的电插头电了人怎么办?扇叶子伤了手怎么办?你们晚上又不上课,干吗非要这样浪费。像这样的房子,没装避雷针,一旦拉了电线,雷雨天容易发生雷击,重则死伤,轻则火灾。校长如梦初醒,嘴里直嘀咕,是啊,我咋没想到这茬儿呢?

又转了一会儿,王东跺跺脚,认真地看着校长,说,唉,这些电风扇,其实是烫手山芋,你用又不是,不用搁这里也浪费,还容易遭人说闲话。这样吧,好人做到底,我出五千块钱,你全卖给我,我拿回去给手下工人使。你拿这钱用在刀刃上,整一整这操场,别让孩子们一上体育课除了跑步还是跑步。

校长紧紧握着王东的手,热泪盈眶。

就在王东的车满载着电风扇离开赵家沟时,尘土飞扬里,他从后视镜里猛然发现学校操场边燃着几炷香,一个上了年纪的女人跪在一旁,正对着他的车影,虔诚地直磕头。

社会万花筒之中国微小说系列丛书

传　奇

　　我一直梦想拥有一串玉石手排，价值不菲，格调高雅，但款式平淡。类似一个葡萄糖男人，粗粝的外表下，需要静心去品读他与生俱来的质感。男人佩戴玉石，彰显一种优雅。这种优雅，远非金灿灿的劳力士手表可以媲美。

　　每到一地，每经过一家珠宝店，我都会有意识地进去看看。数年，孜孜不倦。

　　那天在浙江义乌国际商贸城二区，忙完了正事，便去二楼的珠宝玉石城逛悠。一上楼梯，发现一家"仇和麟玉石"档口。

　　顾客如云。寻觅了半天，我相中了一串玉石手排。询价。不讲价，880元。

　　在掏钱的瞬间，我突然意识到这种人群中的抢购，缺少机缘，非我所爱。

　　转悠。两个小时下来，我悲哀地发现，偌大的商贸城，

温暖一条叫温暖的狗

上千家玉石珠宝档口,而真正出售玉石手排的,却芳踪难觅。参照商贸城宣传画册的指示,我还去了四楼的新疆和田玉馆。而所谓的和田玉馆,其规模还不如街边一家小店。

忿忿然,再一次回到二楼。

好不容易找到了最初的"仇和麟玉石",就在离它不到20米时,我突然停住脚步。

我静静地站了一会儿,然后缓缓回头。身后,熙熙攘攘,利来利往。还有一个走廊的拐角处。我愣了一下,大步流星地朝那个拐角处走去。

拐角处,是另外一条商铺走廊。不长的走廊尽头,有一家珠宝店:古色古香的装潢,古香古色的筝曲,一个古色古香的女人,正坐在玻璃柜前,精致地喝茶。

玻璃柜最显眼处,赫然摆着一串手排,缅甸玉,温嫩碧婉,透明凝脂,娴静处,透着一种优雅的光泽,一如那低眉品茗的女人。

口干舌燥地询价。

女人浅笑,答道:3600。

女人的笑,化解了我的窘迫。我似乎换了一个人,闲闲地,陪女人聊天,喝茶。

一个上午,我死皮赖脸地坐在那里,蹭女人的"彩云红"喝,从原始社会聊到康熙王朝,从奥巴马的发迹聊到中国女足的凋零,从钱塘江的涨潮聊到科罗拉多州的月光。那是一个愉悦的上午。

临近中午,我壮了壮胆,说,如果你赏脸的话,我想请你吃个饭。

女人笑了,毫无矜持。

饭菜很简单。我们如一对恋人,在一楼的快餐厅里。

饭后,我送女人到她档口,打算告别离去。女人笑了笑,指着那串手排说,你拿去吧,我知道你喜欢,算是我们之间的机缘。

多少钱?

女人怔怔的看着我,一会儿,叹了口气说:400。

我戴着那串手排走出商贸城大门,心花怒放,暗想:以后不再买了,有这串,一生足够。

如果事情至此打住,不加任何虚构,算是一篇俗套的小说。

即使按照通俗的文艺小资套路,翻拍成电影,接下来无非是这样的:在以后众多个深夜,男主人公面对身边鼾声沉沉的黄脸婆,辗转反侧,在黑暗中轻抚手腕上那串手排,怀想,怀想那个愉悦的上午时光,以及时光里的点滴细节,至老至死……

可是,我画蛇添足了——

第二天,我坐在酒店里把玩那串手排,爱不释手。心想,如果再买一串女式的,送给爱妻,不是挺好吗?情侣手排呢!

于是,我又去了商贸城二区。

在二楼,我寻找了整整一天,汗流浃背,就是找不到那个档口那个女人。我向不少档主打听,描述那个古香古色的

温暖一条叫温暖的狗

档口那首古香古色的筝曲和那个古香古色的女人,他们一脸惊愕地看着我,爱莫能助地摇头。

一夜之间,她仿佛在这个世界上消失了。或者说,昨天的一切,只是一个梦境。

我站在人头泱泱的客流中,轻轻抚摸着右手腕上的那串手排,顿悟自己这等心思,对于她是一种亵渎。

几天后,我回到家里,对妻子老老实实交代这串手排背后的艳遇。

她笑得稀里哗啦,说,人家骗你400块钱呢,书呆子,自作多情,入戏太深。

我委屈道,你知道那里的档口多少钱一间吗?

多少?

按照目前的市场行情,一间档口600万到900万,月租是8万到12万。人家折腾一上午,就为了你老公口袋里的400块钱?

妻子哑口无言。

社会万花筒之中国微小说系列丛书

外面的世界

　　蜜蜂街离丰城县城80里地，没有一粒柏油，街道短而窄，像一截盲肠，隐匿在大山坳里。

　　街的东头，有一家邮政代办所，门前的阅报栏，张贴着上个月的《江西日报》，街的西头，是驼背开的杂货店，杂货店也卖汽油，门前蹲着一个硕大的汽油桶，有司机来加油时，驼背会捉住塑料管的另一头，深深地嗫上几口，将油吸上来，接到油箱里。驼背门前有一个三岔路口，从这里右拐，沿一条北去的羊肠小道，翻过两座山，走上15里崎岖的山路，可以看到一座更高的山，山的半腰，烟雾袅袅，几十间黄土砖屋在阳光下若隐若现，呈一片暖色，这便是我的家乡。

　　我识字后，逢蜜蜂街赶圩时，也喜欢像我的父老乡亲一样，挤在邮政代办所门前，眼睛睁得灯笼大，似懂非懂地，复习脚下这个地球上个月甚至上上个月的满目疮痍。往往是这般情形，洪水即将到来，全城危在旦夕，而事实上，

温暖一条叫温暖的狗

此时彼地，天地逆转，人家正忙于抗旱，水比油还金贵呢，或者，我们正在为国足主教练的信誓旦旦而亢奋不已时，其实他早一败涂地，卷铺盖滚蛋了。在驼背的门口，我也是多次逗留，像所有的孩子一样，望着里面的五颜六色，眼巴巴地，馋得不行。但是很快，我便失去了兴趣，变得郁郁寡欢起来。蜜蜂街如此窄小逼仄，像一只蜜蜂一样，根本承载不了一个大山深处的孩子对山外世界的渴望。我在蜜蜂街读初中的三年，最常去的地方就是学校后面的骆驼峰，独自坐在那里，朝县城的方向不断地眺望。而我看到的，只有连绵的群山，苍翠的森林，以及漫无边际的云海。

其实，我在小学五年级时，去过一次县城。那年的冬天，母亲病危，被送进了县人民医院。这对于一个山沟里的家庭来说，简直是致命的打击，但我丝毫没有感到悲伤，反而是满心欢喜。县城真大，像一座正儿八经的城。溜达在大街上，瞧什么都是新奇，笔直的水泥马路，巍峨的邮政大楼，琳琅的百货大厦，还有熙熙攘攘的人群。他们衣着光鲜，说一口时髦的城里话，还喜欢叼根牙签，满大街逛，像在自家菜园子里一样悠闲自得。县城的店铺鳞次栉比，各种商品应有尽有，随便挑一家，够压死驼背几十年。而且，每条主街上都设立了一个阅报栏，当天的《人民日报》、《江西日报》、《参考消息》、《赣中报》和《体坛周报》依次排开，一群老头聚在那里，目不转睛，开会一样神情严肃。他们身旁，偶尔有穿裙子的小姑娘嬉闹跑过，长辫子上两只白色的蝴蝶结，一跳一跳，俨然是两只白色的蝴蝶追逐着

社会万花筒之中国微小说系列丛书

她,如燕子紧追春天里的云。

县城依江而建。江是赣江,舒展的天空下,江面开阔,不时有机动船突突突地驶过。我坐在码头上,顺着滔滔江水流去的方向极目望去,心潮澎湃。是的,按照地理课本上所言,从这里出发,下行60公里,是省城南昌,再下去是鄱阳湖,是长江,最后是大海,是全世界。

我想去南昌。

我的中考,是在丰城县城举行的,考试一结束,我就迫不及待地跳上了开往南昌的长途汽车。我之所以无所顾忌,毫不怯生,完全是因为我伯父。我伯父在省农业厅任副厅长。这是我第一次去南昌,一个十五岁山村少年,人生的第一次远行。

一出省汽车站,我彻底傻眼了,仿若武陵人误入桃花源,为眼前世外风景所震撼,手脚不知道如何放了。眼前,大海一般气势磅礴——比操场还宽阔的水泥马路上,车水马龙,川流不息。马路的两边,是高耸入云的楼群,楼群上的玻璃幕墙在半空中闪闪发亮,还有我从未见过的山峦一样起伏的高架桥,草原一般广袤的八一广场。到处是璀璨夺目的灯光,到处是四通八达的街道,到处是不时从地下涌出来的人流,置身其中,一种前所未有的巨大的轰鸣声,冲击着我的耳膜,让我有些自卑有些恐惧,但更多的是惊喜与兴奋。南昌太大了,大得没边没沿,洪水一样四处流淌。怪不得叫"洪城"呢,我在内心这样骄傲地解释道。那时,几乎就在一瞬间,丰城县城巨大的形象在我心中轰然垮塌,就像我当年面对丰城否定蜜蜂街一样,毫不拖泥带水。

温暖一条叫温暖的狗

凭着一个皱巴巴的信封上面的地址，我找到了伯父。伯父对我冒冒失失的到来，无比惊愕，因为事先没有任何招呼，一个小孩子就这样天不怕地不怕地来到偌大的省城，出现在他眼前。我是这样解释自己行为的——我打小有一个梦想，小学毕业后进一次县城，初中毕业后来一回南昌，而高中毕业后，我要争取上一趟北京。

伯父听了，愣了一下，转而眉开眼笑，竖起大拇指对我夸赞道，你长大了，有志气，不愧是我侄子，男人就应该这样。在伯父家住了几天，我才知道，自己这次真是来对了，因为他很快就要调到北京去了。北京，北京是什么模样？我一个劲儿地缠着伯父，让他给我讲关于北京的点点滴滴。

高中三年，我是在丰城县城读的。我常坐在赣江码头上，面对一江自南向北流去的清水，为"北京"愁眉不展。一个南昌，曾经让我瞠目结舌，应接不暇，我实在是无法想象，北京作为中国的首都，会是一座什么样的城，住着什么样的人。幸好，我伯父在那里，高中一毕业，我就可以开始自己的北京之行。

然而，始料未及的是，我高三上个学期快要结束时，也就是年底，伯父竟然提前退休，和伯母搬迁回来了。这让我非常诧异。伯父说，人老了，叶落归根，告老还乡，我可是一天都等不及了。

我心有不甘地问，您不回北京了？

伯父正从菜地里回来，刚刚脱去身上的外套。他把外套抓在手里，拍了拍上面的灰尘，挂在墙上的木橛子上，然后退两步，站在那里认真端详了一下，对我点了点头。

社会万花筒之中国微小说系列丛书

十　年

　　十年之前，俺是广州街边的一个算命先生。

　　你别笑，俺也是为生计所迫，混口饭吃，同时还得养活老婆孩子。其实那年俺还没有孩子，刚和杨二丫结婚不久。杨二丫挺着个大肚子，刚出广州火车站，就撑着大包小包如逃荒的俺问，你准备拿什么养活我们娘儿俩？

　　俺看了看自己在杨二丫身上的犯罪记录，又看了看广州上空阴晦的天，在心里算，算了半天，说，算命！

　　算命这碗饭并不好吃。俺照葫芦画瓢，学着那几个河南老头儿的样儿，在街边空坐了三天，才明白了这个道理。不好吃也得吃，总不能饿死。其实饿死俺事小，关键是还有杨二丫和她肚里的孩子。杨二丫摸着兜里为数不多的几张钞票，脸色一天比一天阴沉可怖，越来越像广州的天了。

　　好在俺天生不蠢。俺在夜市上买了几本错别字连篇的周易八卦，躲在租来的楼梯间里瞎琢磨。琢磨了一段日子，一

温暖一条叫温暖的狗

个划时代的算命先生横空出世了。

在海珠区一些大型的鞋厂制衣厂门口,你可以瞅见俺的身影。俺顶着一个明晃晃的光头,胡子半尺长,不洗脸不刷牙,身前铺一块茶几大小的白纸板,上写有"占卜前程指点人生"八个大字。纸上空无一物,不摆抽签筒、易经图,也不像河南老头儿那样端本书装样子。俺席地而坐,安安静静,目光空洞,看天数蚂蚁。更让人震惊的是,俺不穿道袍或者袈裟这般行头,而是弄了一套奇装怪服,花花绿绿,有点少数民族的味道。

像不像一个世外高人?俺要的就是这效果。

果然,第一个找俺的人来了。

来人蹲下,一脸菜色。俺闭上眼睛,伸出仙人般冰凉的手指,在她的纤纤玉手上慢慢摸。摸啥?摸骨。其实啥也没摸,俺一边装模作样地摸,一边在心里揣测她的职业、经历、心事。

摸完。俺徐徐睁开双眼,叹了口气。

俺一声叹气,她果然神色大乱。俺目光散淡地问,想问哪方面?

这时,往往在这时,趁她还没来得及开口,俺会插播一段广告,以此推销一下自己,取得对方的信任。俺的广告一字一顿:吾非看相,也不算命,那是俗人做的事,全是骗钱的鬼把戏。吾知你的前生,也懂你的后世。你若信任在下,可以当老朋友聊聊,或许可以帮你。

如俺所料,她哗地打开了话匣子。她的回答把俺吓了一大跳，她说她想自杀……

俺施展三寸不烂之舌，口吐莲花。一番语重心长之后，她频频点头，老老实实地掏出二十块钱。临走，千恩万谢。

这活儿不是太难。人是可以归类的，每个人的人生其实都是大同小异，只是看你如何归纳罢了。俺的归纳是身在异乡的打工妹，无外乎婚姻、前程和亲情三个困扰。她们有时并不需要一个明确的结果，而是倾诉和交流，找一个说话的人。俺，就是一个很称职的聆听者和分析者。当然，这里面还有个判断和臆测，而答案，对方会乖乖地不知不觉地告诉你，只要你用心去聆听和顺着她的话头理下去就是了。

你说对了，俺就是披着算命的外衣，在变相地玩心理咨询。

收入时坏时好，像广州阴晴不定的天。杨二丫的脸，根据俺每天上缴的数目，阴阴晴晴。那段时间，俺深夜收摊后，一身疲惫地回到租住的楼梯间，褪下算命用的奇装怪服，芸芸众生一样，给孩子端屎端尿，忙前忙后。杨二丫的絮叨也开始了，在耳边苍蝇般嗡嗡作响，说谁谁发财了，说家里米缸又空了……

算命毕竟不是正路，也无法长久，俺的生意越来越差了。

一天，杨二丫告诉俺，说一个包工头答应让俺去工地上看建筑材料，活儿不累，包吃包住，每天还八十块钱。

俺喜出望外。

俺成天蹲在工地上，成了一个稻草人，尽管兜里没钱，日子却过得不咸不淡。杨二丫的衣着越来越光鲜，太阳般刺

温暖一条叫温暖的狗

眼,经常在工地上晃,晃得脚手架上一帮兄弟夜里失眠。工程竣工后,杨二丫跟包工头跑了,连孩子也没留下。

俺成了天下最大的傻瓜。

俺身无分文,只好灰溜溜地进了厂,到处辗转。

十年之后,俺依然孤身一人,窝囊地混着,在东莞某条流水线上寂寞地如一个机器人。

一个深夜,偶尔打开收音机,听到《夜空不寂寞》。这是一档温情的夜话节目。俺听了一会儿,心里的冰冻慢慢融化,好想痛快地哭一场。

俺冲到街边的电话亭,拨通了电台的热线。俺对着东莞暧昧的夜空,对着话筒那端陌生的女主持人,滔滔不绝地说起了俺的婚姻、俺的失败、俺老家孤苦的父母双亲,说到最后,泣不成声。

女主持人柔声地安慰着,鼓励着,也无比宽容,让俺的倾诉一直持续到节目的结束。

节目结束了,导播小姐却提示别挂电话,说主持人要私下找俺继续聊。俺听了,心里暖烘烘的。

等了一会儿,女主持人温柔的声音在耳边响起,说,我见过你,我听出了你的声音。

俺惊呆了,忙问,在哪里?

女主持人犹豫了一会儿,说,本来我不太合适告诉你的,但你是我的救命恩人,我对你一直感激不尽,永生难忘。十年前,在广州,我找你算过命……

社会万花筒之中国微小说系列丛书

钉子户

老旦是个性子特倔的人。

那天早上，笼子里的一只鸡无缘无故地死了，老婆心疼，和老旦吵了几句。老旦一赌气，跑城里来了。

老旦跑城里来干啥？他自己也不知道。深夜，老旦蜷在天桥底下望着满城灯火，嘴里喃喃自语，一只鸡死了也怪老子，老子是你老公，又不是看鸡的。老旦宁愿睡天桥睡火车站睡大马路，也不想灰溜溜地回去让老婆笑话。

老旦有自己的主意，打算在城里找份活儿干，待到年底赚点钱风风光光地回去。老旦在人才市场进进出出好几天，便傻眼了，没人要他。这不能怪人家有眼无珠，老旦虽然也识几个字，但没啥学历，加上胡子拉碴，四十好几了，谁要？现在大学生都满大街失业呢。

老旦的转机来自一个上午。那个上午，夏日炎炎，骄阳似火，老旦和一帮刚结识的兄弟，跟着一辆小车跑，跑得

温暖一条叫温暖的狗

汗流浃背，到了地儿，才知道是帮人家搬家。从一楼搬上十八楼，来者有份，一人二十块钱。搬完后，主人让老旦帮他在墙上钉几个钉子挂东西。穿着雪白衬衫的主人一边挥舞着双手指挥着老旦，一边嘴里叨咕，唉，这年头怪了，没想到啥都方便，钉几个钉子倒成了难事。当时，老旦的嘴里正龇牙咬着几枚钉子，手里的榔头却忽地停在半空中。老旦眯缝着眼望着窗外灼热的阳光以及阳光底下偌大的城市，得意地笑了。

从此，老旦开始了一个全新的行业，他成了一个钉钉子的。说起来难怪你不相信，这行业太特殊了，哪一朝哪一代都闻所未闻。但是，在很长一段时间里，在这个城市中心的菜市场门口，大家都可以见到老旦的身影。老旦坐在一个小板凳上，脚跟前放着一个手提的木盒子，远远看去，你还以为是个擦鞋的，走进一瞧，你会大吃一惊——一块一米见方的木板支在他身旁，木板上方歪歪扭扭地写着"专业钉钉子"一行毛笔字，下面则粘着铁钉、水泥钉、钢钉、螺丝钉等各种钉子，长短不一，密密麻麻，却排列得整齐有序，有点像一个打开的夸张版的中医针灸盒。

很多人对这个新兴的行业感到好奇，围着老旦看猴一般转来转去，左看右看。看了半天，新鲜劲儿没了，便散去。有人想照顾一下老旦的生意也无能为力。试想，这年代，在城里，家家户户都装修得金碧辉煌，有谁愿意在墙壁上钉几枚刺眼的钉子？

老旦不是这样认为的。

当几个好事的报社、电视台的记者敏锐地捕捉到这一新闻时，纷纷要求采访老旦。老旦面对镜头是这样说的：

一个城市这么多的家庭，就没有需要钉钉子的？你挂书画挂相框需要吧？你挂液晶电视挂音箱需要吧？你挂衣服毛巾挂锅铲瓢盆需要吧？我就是不相信，你家里外表装修得再好，就不需要钉钉子了。可是，这年头，谁家里会备钉子和榔头呢？我这是急人民群众所急，想人民群众所想……

事后，报纸上刊登了一则新闻报道，标题有些雷人——《史上最牛"钉子户"在我市横空出世》。电视台更绝，把此事件定性为"一枚顽固的钉子对城市现代化进程的挑战"。

老旦一时成了家喻户晓、街谈巷议的风云人物。可是，大家就像当初在菜市场围观的人群一样，新鲜劲儿没了，便潮水般散去。老旦经营这买卖两个多月了，一直没有开张。要是换了别人，早泄气了，但老旦不，他是出了名的倔性子，他依然每天早早地起床，蹲在菜市场门口等候生意的降临，雕像一样坚强，像麦田里的一个守望者。

终于有一天，这个城市的人们发现老旦悄无声息地消失了，还没等回过神来，大家又立即被电视里网络上各种汹涌澎湃的新鲜刺激的新闻所包围着。很快，老旦就被大家遗忘了。

如果不是年终，不是电视台对该年的热点新闻进行盘点和追踪报道，谁也不会记起老旦，更无法知晓老旦离去的前因后果。很多人看了那档节目。大家在电视里看见老旦盘腿坐在热坑上，一脸幸福灿烂的笑容。

温暖一条叫温暖的狗

记者问老旦不做"钉子户",是不是没有生意?老旦郑重地摇了摇头,说,有生意呢,谁说没生意,我接过一个大单——

一个早晨,一个白发苍苍的老人摇着轮椅来找我,让我去他家钉钉子。当我来到他家时,面对一扇大墙,我吃了一惊。老人让我把这扇墙全部钉满钉子,多少钱都行。我当时怀疑老人的脑子有毛病,坚决不答应。老人万般无奈,拿出一张发黄的纸给我看,说是他刚刚去世的老伴儿在年轻时写给他的诗:在墙上钉满钉子/那是我望你的眼睛/星星般濡湿/寄托我一生不变的爱恋……

我拧着眉头想了半天,明白了大概的意思。我答应了老人。我把我能找到的钉子都钉在墙上,整整钉了一天。老人坐在轮椅上,默默地看着我钉下的每一枚钉子,一边看一边流眼泪。等我钉完满满的一扇大墙时,老人幸福地睡着了。我不敢要钱,转身收拾东西,连夜坐火车回家了。

说到这里,老旦眼睛湿了。记者多此一举地问,为啥?这和你不钉钉子有关系吗?

老旦呜呜地哭道,怎么会没有关系,家里的热炕头和憨婆娘比啥都强,难道你想要我钉一辈子钉子,老了,再在自家墙上也钉满钉子?

那一刻,这个城市麻木的神经为老旦轻轻地颤了一下,甚至,有很多人泪流满面。

亲爱的深圳

我老婆要来了，孩子也会来。

吃完早餐，张贵要走了。张贵走前，对吴莉说了这句话。那时，张贵正猫腰蹲在门边系鞋带，一个背影对着吴莉。

吴莉穿着一件水绿色的睡袍，猫一样性感，窝在沙发里喝豆浆。张贵说那句话时，尽管声音很轻，很平静，吴莉却听得真切。吴莉手里正抓着一个馒头，闻言抖了一下，转而继续塞进嘴里，大口大口地嚼着，眼睛空茫地盯着香港卫视的早间新闻。

空气有些沉闷，吴莉撕咬馒头的声音很大。张贵依然蹲在那里系他复杂的鞋带。许久，吴莉说，你现在出去找房子？

嗯。

麻烦你把门关一下，我想再睡一会儿。吴莉把电视关了，歉意地笑笑，起身朝卧室走去。

温暖一条叫温暖的狗

张贵的嘴张了张,却不知说些什么。他站起身,不敢回头看吴莉,小心地把门带上了。身后门锁轻轻的咔嚓声,让张贵的鼻子有些发酸。

张贵和吴莉不是老乡,也不是同事。他们是在101路大巴上认识的。这是一条从西丽动物园到火车站的线路,像深圳湾海岸一般漫长。张贵是一家物流公司的普通职员,上班地点在罗湖海关附近,公司集体宿舍却在20公里开外的南山松坪村,每天早晚,几乎是两次横跨整个深圳关内。吴莉是地王大厦里面一家贸易公司的业务经理,自己在竹子林租了一套一房一厅。张贵每次起床都是天蒙蒙亮,洗漱完毕,打仗一般撵上101路大巴的早班车,吭哧吭哧半个小时,就能准时看见吴莉优雅的身影,再过半个小时,等吴莉下车了,张贵还得吭哧吭哧半个小时,最后下车步行十分钟到达公司,躲在洗手间里擦去一身疲惫的汗水,换上西装系上领带,一天的工作才算正式开始了。

张贵和吴莉都知道彼此有家室,只是一个在江西井冈山脚下的小镇上,一个在遥远的哈尔滨市区。也许只有在深圳这座城市,才能上演张贵和吴莉这样的故事。张贵有时也住宿舍,但多半在吴莉那里过夜。情感的寂寞,身体的需要,彼此心照不宣的温暖,只是为了想方设法逃避孤单。既不是一夜情,也不是包养,比朋友多一分暧昧,比情人少一分纠葛。随时都有可能戛然而止,像急刹车那样,却不能追尾。张贵和吴莉当然清楚这个深圳独有的游戏规则。

现在,就戛然而止了。张贵吸了吸鼻子,看着深圳蔚蓝的天空，长长地叹了口气。他没想到自己是如此溺水般地难受。吴莉是个好女人，虽然他知道自己配不上她。

张贵走出竹子林，站在深南大道的站台上，看着眼前的滚滚车流，一时不知何去何从了。

深圳是一座让人情感复杂的城市。每天，坐在漫长的大巴上，看着车窗外一条条睡梦中的街道，想着老家的妻儿，张贵就想离开，却一直舍不得离开。甚至有一次南昌的分公司想调他过去，他磨磨蹭蹭很长时间，还是放弃了这个离老家很近的机会，还是老老实实守在吴莉身边。然后，重复在每天微曦的清晨，在101路大巴上，面对这座魅力四射的城市，咬牙切齿地想离开。

过几天，他妻儿就要来深圳了。眼下当务之急是，赶快找一间出租房，找一个安顿妻儿的家。张贵先去了岗厦。在蜘蛛网一般的小巷里，张贵不停地转悠，一边留意墙上张贴的小广告，一边向路人打听。忙活了一个上午，腿都走软了，却没找到一间待租的房子。这个城市人口太多了，像我这样的外地人太多了。张贵不由大发感慨。

岗厦位于深南大道边，地理位置优越，交通便利，应该找偏僻一些的地方。中午，炎炎烈日下，张贵想明白了这个道理，便离开岗厦，沿着车公庙、香蜜湖周边开始马不停蹄地寻找，最后跨过滨河大道，到了上沙。

张贵的一双腿像灌了铅一般沉重，但一想到自己在深圳很快也有家了，心里便暖暖的，瞬间加快了步伐。

上沙倒是有房子。

温暖一条叫温暖的狗

一个本地老伯隔着防盗门打量了张贵半天，摆摆手，扭身就走。张贵急得啪啪打门，大声喊道：大伯，我不是坏人，我有工作的！那人像聋子一样，头也不回地上楼去了。张贵纳闷了半天，低头瞅着自己一身肌肉疙瘩的短衣短裤，便后悔不迭。

既然本地人以貌取人，那找二手房东吧。张贵奔波了一个下午，找了十几家，还不死心地问了两家中介公司。这一带的租房行情：六七层楼高，不带电梯，一间配微型洗手间和厨房的单间，加起来不到十五个平方，一个月最少也要1800元。张贵不由倒吸了一口冷气：娘哎，我一个月工资才三千多，去掉房租，还有水电费、电话费、交通费等七七八八的开支，我一家三口在深圳喝西北风啊？张贵不由后悔答应老婆来深圳，甚至后悔放弃了那次调去南昌的机会。

坐在回公司宿舍的公交车里，张贵虚弱地瘫在座位上，心情无比沮丧。本想找一个离公司近一点的房子，省去每天在路上的劳碌奔波，多挤点时间陪陪家人，现在看来，这是水中望月了。唉，明天还得向公司请假，去宿舍附近的村子里找找。那里应该便宜多了吧。

张贵下车后，经过天桥时，不由止住脚步，习惯性扶在栏杆上，向四周望去——一轮明月大得惊人，静静地悬在头顶。月色如水下的深圳，霓虹灯闪烁，海洋一般璀璨迷人。

张贵皱眉想了一会儿，一拍大腿：对了，今天是中秋节！怪不得月亮这么大这么圆。

张贵痴痴地望着月亮。许久,他掏出手机,拨了吴莉的号码。电话响了很久才被接通,里面传来马桶冲水的声音。吴莉紧张地问:有事吗?

张贵说:突然想起来了,今天是中秋节,我想最后一次陪陪你。

吴莉说:不行!我老公和女儿下午从哈尔滨飞来了。我得挂了,你自己保重。再见。

那一年中秋节的午夜,深圳大街上空空荡荡,没人知道——有一个叫张贵的男人,盘腿坐在一座天桥上,举着啤酒瓶和月亮对饮,一边泪流满面,一边嘴里喃喃自语:亲爱的深圳……

灰姑娘

这是一段从赣州到井冈山的高速公路。

时间已过去了好几年,之所以记忆犹新,是因为这段路上,曾经演绎了一场我和李桂花的爱情故事。呵呵,你别笑,我知道爱情这玩意儿极其奢侈,但在那个寒冷的深夜,我渴望着一种温暖,以及温暖的包围。

那个寒冷的深夜,四野里崇山峻岭,黑灯瞎火,我驾着车在这段路上独行。一家加油站孤零零地卧在路旁。我鬼使神差地拐了进去。

整个油站空无一人。一盏灯弱不禁风地悬在头顶,明一下暗一下,按快门一样,似乎随时都要熄灭。我重重地摁着喇叭,半天,屋里的灯亮了,出来一个睡眼惺忪的姑娘。

山里的夜更冷。姑娘一边搓着冻得通红的小手,一边为我加油。油加满后,她竟然径自回屋去了,坐在收钱的小窗口前,双手合拢,举在嘴边不停地哈着气。

我在车里等她来收钱。等了一会儿，她还是坐在那里。——简直不可思议！唉，内地毕竟是内地。我苦笑着下了车。

我站在窗口交完钱，却不想走了。借着昏暗的灯光，我发现这个扎着两只羊角辫穿着花棉袄的姑娘其实长得挺标致的。我搭讪道："你就不怕我不给钱跑了？"

昏昏欲睡的她顿时惊了一下，像看外星人一样打量着我。

我继续问："你有没有记我的车牌号码？"

她迷茫地摇了摇头。

"你们加油站就你一个人？"

"是啊！我是临时工，专门帮他们守夜的。"这次，她开口说话了。声音很好听，笨拙的普通话里夹杂着浓郁的乡土气息。

我心里暗自得意，继续我的残忍。我看了看四周，又问："这里没有装监控摄像头，你又没有记我车牌号码，这前不着村后不着店的，我跑了怎么办？钱你自己垫？你一个月工资多少？"

面对我一连串的问话，她吃惊地看着我，一时语塞。好一会儿，才吞吞吐吐地说："你要是跑了，我只能自己垫。我一个月工资才350块钱，还不够垫呢。"她说这话时，拧着眉头，一脸焦急的样子，似乎我真的要跑了。她又小声地嘀咕："怎么会跑呢？"

不得不承认，她拧眉头的表情让我无比心疼。多年后，在我很多个失眠的夜里，她那可爱的表情依然栩栩如生。我

温暖一条叫温暖的狗

知道,那一刻,自己不可救药地爱上了她。

为了让她对我产生好感,我指着我的车问:"你知道这是什么车吗?"

她瞟了一眼我的宝马双门跑车,不以为然地撇着嘴说:"不知道。那么小,多几个人都坐不下,肯定很便宜。"

她的回答让我不仅不生气,反而欣喜无比。这是一个纯净的姑娘,山泉水一样,没经受过任何工业污染。久居都市红尘里的我,怦然心动。我从不敢轻易谈婚论嫁,更早已厌倦浓妆艳抹的缠绵悱恻,这好比天天大鱼大肉惯了,无限向往山野青菜的清香。

是的,第一次上她家时,她父母问我想吃些什么。我当时的回答就是:"青菜,一定要青菜!"

如你所料,后来她成了我的妻,她的名字叫李桂花。

也如你所料,两年后我们离婚了。

离婚时,我给了李桂花一个存折,里面是300万。李桂花接过存折,哭了。我以为她是出于感激,忙说这是自己应该做的,好合好散吧。

李桂花早已不是那个为我加油的姑娘了。她说:"你给我钱有什么用,你把我带到这里来,弄得我现在进退两难。我没什么文化,抱着这堆钱,能做什么?"

我默默地看着她,不由想起那个寒冷的夜晚,那条漫长的高速公路,那个孤零零的加油站……我的心忽地一动,对李桂花说:"我帮你建个加油站!"她想了一下,点头同意。

于是，李桂花的加油站在她老家高速公路旁拔地而起。让当地村民不解的是，装修时李桂花强烈要求装上监控摄像头，要求晚上一定得灯火通明，还组建了一支保安队伍。

两年后，又是一个寒冷的深夜，当我经过李桂花的加油站时，特意拐了进去。灯光虽然明亮了许多，但依然冷冷清清，空无一人。摁了半天的喇叭，跑出来一个睡眼惺忪的姑娘，一切恍若我和李桂花初识的那个夜晚。

我抬眼瞅了瞅满是灰尘的蔫头耷脑的摄像头，没说话，也没下车。那姑娘拦在车前，等我给了钱，才让开了身。

我把车停在加油站的广场边，下了车，站在黑暗里，心事重重地吸着烟。一个女人的声音在车里不耐烦地催道："走吧，有什么好看的，冷死了！"

我回头答道："我想多待会儿，呼吸一下这里的空气。"

温暖一条叫温暖的狗

城里的月光

年前，作家老李老打电话追问我，认不认识公安局的人。我说认识有屁用，你那事我帮不上忙，你别狗拿耗子——多管闲事。老李嗫嚅道，怎么是多管闲事呢，你可不能这样说。

唉，老李一个儿时玩大的同村伙伴——老憨，在我居住的这座城市做建筑工，一年到头在工地上累死累活，好不容易赶在春运前，求爷爷告奶奶，工头总算结清了工资，却在临上火车前被歹徒逼到墙角，洗劫一空。

两万块啊，整整两万块血汗钱，就被这天杀的挨枪子的刀剐的抢去了！老李在电话里恶狠狠地骂道。

我忍不住笑了，说，狗屁！骂如果可以解决问题，可以帮你老憨寻回钱，我请一伙人去骂好了。

老李苦笑，笑完，又开始祥林嫂般地絮叨，这派出所是干什么吃的，报案都一个多礼拜了，就是不见动静。

我说，人家派出所也不容易，就那么点警力，管着十多万外来人口。我帮你找了派出所。人家指着一大堆卷宗，为难地说这是小案子，又没有明确的破案线索，自认倒霉吧，夸张点说，这和在大街上被抢了手机差不多。

估计老李听后是一副苦瓜脸。他说，娘哎，这可是两万块钱，怎么是小案子？

我只好解释，两万块钱搁你老家是巨款，在这里只能算小钱，有钱人的一顿饭钱而已。

老李悻悻地问，就没其他法子了？

我一脸无奈地说，如果是上百万，派出所肯定会成立专门的破案小组。要是你的老憨丢胳膊断腿了，他们也应该会重视。

老李感慨，如果可以换，我想老憨肯定愿意拿条胳膊甚至性命来换这两万块钱。你要知道，老憨一家老小盼星星盼月亮，盼了一年多，家里正等米下锅呢。老李又不死心地问，真没法子了？老子在你那座城市只认识你一个朋友。

我想了想说，法子倒有一个，我给你讲一个在我家乡流传很广的故事吧——

大概是民国时期，一位上面来的夫人，在省城一帮官员的陪同下，从南昌去庐山避暑。中途，路过我们镇时，夫人内急。很急。无奈之下在路边找了个公厕。你要知道，我们那里所谓的公厕，就是一个茅坑，上面搭几块木板，臭气熏天。当地人民早习以为常，可是夫人金贵啊。她站在厕所门口犹犹豫豫，磨磨蹭蹭，最后可能是憋不住了，一捂鼻子跑了进去。夫人出来时,脸色很难看,半躺在小车里直说头晕,还嘀咕了一句:你们这里的卫生怎么搞的嘛?陪同的官员坐不住了,上庐山后,打电话骂人,从行署、县一直骂到我们镇,把我们镇长吓得半死。镇长考虑到夫人返程还会经过这里,就号召全镇人民大洗厕所。妈的,又是挑粪又是消毒,整整折腾了三天。

可是,夫人没来。据说人家下山后直接去了武汉,从那里坐飞机走了。

老李听了我的故事,深有感触,沉默了半天,突然怪声怪气地尖叫,你们这里的治安怎么搞的嘛?

我大笑,隔着电话想象着老李叉腰横眉的样子,说,你这样会把人家吓坏的,人家就是破不了案,也会自己偷偷把钱垫上。

我又说,可是我们都是蚂蚁。

老李无语,默默地把电话挂了。

两天后,一个月光极好的深夜,我又接到老李的电话。老李说,我想自己把钱垫上。

我吃了一惊,大骂,不会吧,你他妈的是不是疯了?

老李幽幽地说,你不知道,我们老家地处大西北,是你难以想象的穷。我上高中前,除了出生外,没有洗过一个澡。在我们那个乡,我是唯一的高中生,是乡亲们的骄傲。现在我是狗屁作家了,在他们眼里,我无所不能,天天和中央首长在一块儿握手、吃饭,进出小车伺候。老憨也是实在没辙才找到我的,我不想让他们失望。再说了,老憨还欠着一屁股债，没了这笔钱，几个娃儿都要失学的。他们一家正盼着过个好年。

我听了心情沉重，转而又说，你自己也不宽裕，靠几个稿费，还得养活一大帮人。

老李叹了口气，说，我多写点就是了，实在不行，就卖自己，写点黄的，那玩意可以多挣几个。我之所以告诉你，是想让你配合我一下。

我问，怎么配合？

你帮我把这钱给老憨，就说你公安局的朋友抓获了歹徒，把钱追缴回来了。老李不放心地叮嘱我，你千万别露馅，对着老憨，要给足我面子。老憨现在还在工地上眼巴巴地等着我的好消息呢。

我凝望着窗外城市上空皎洁的月光，哽咽无语。

温暖一条叫温暖的狗

翠花，上酸菜

　　矿区不大，横竖也就两三条街，更像一个村落。所以临近年底，当老郑带回来一个东北女人时，不到半天的工夫，消息就传遍了整个矿区。

　　这女人叫翠花，身材高挑，白皙秀美，说话带着东北那旮瘩独有的卷舌尾音，唱歌般好听。大家把老郑家围了个水泄不通，纷纷感叹老郑四十多岁，出去打几年工，竟然带回来一个年轻貌美的媳妇儿。众人羡慕地看着老郑，那几个三十好几甚至四十出头的老光棍儿更是把老郑堵在门口，嚷道传授秘诀。老郑诡秘地笑笑，没有作答。

　　翠花来后，老郑家发生了翻天覆地的变化。

　　翠花是个勤快的女人，一天到晚忙里忙外，缝补浆洗，到处拾掇得干净亮堂，纤尘不染。尤其是饭菜，老郑和前妻的两个孩子，不用像以前那样有一顿没一顿地吃食堂了。翠花按照她东北老家的生活方式，经常变着花样下点面条，熬点小米粥，蒸一笼豆包，或者煮上一锅饺子，把日子调理得有滋有味。

翠花最拿手的是东北酸菜。她在街市上买了一堆大白菜，泡在水缸里，浇上滚烫的沸水，撒上盐，稍微冷却后，用塑料布包了个严严实实。年底南方矿区的气候，虽然比不上东北那里冰天雪地，但也算是天寒地冻了。几天后，翠花从缸里扒拉出一棵被腌制过的白菜，洗干净，切成细丝，加入五花肉和红薯粉条，在火上小心地炖着。不一会儿，屋子里便弥漫开来一股扑鼻的香味，一尝，酸甜可口，既下饭，又当饱，颇有几分东北当地的风味，把老郑和两个小孩乐得眉开眼笑。

那时，雪村的《东北人都是活雷锋》刚刚流行开来，模仿最后一句唱白成了老郑家最快乐的节目。老郑和两个孩子一边敲着碗筷，一边偷眼往厨房里瞅，看到翠花的酸菜快要上桌时，老郑便学着雪村的鸡腔喊道：翠花，上酸菜！紧接着，两个孩子也欢天喜地地喊：阿姨，上酸菜！好咧，翠花在厨房里应了一声——"锵、锵、锵"——踩着京剧里的鼓点，风摆杨柳腰，春风满面地端上来一大盆酸菜猪肉炖粉条。一家人吃着，闹着，欢声笑语不断。整个屋子里热气腾腾，在橘黄色的灯光下氤氲开来，定格在墙上，像画上画的一样。

老郑家的欢声笑语，让那几个老光棍儿整宿整宿地失眠。

这帮老光棍儿只要闲着没事，就喜欢在老郑的房前屋后转悠，像一群饿得眼睛发绿的猫儿，围着水塘里的鱼儿干着急。也有胆大的，趁老郑不在家，找个借口闯进去，借个火儿，觅两瓣蒜，没话找话，涎着脸不走。老郑叮嘱道：别搭

温暖一条叫温暖的狗

理，都不是啥好人。翠花吐了吐舌头，认真地点了点头。

春风绿草，气温日渐回暖。一个傍晚，老郑下班回家（翠花来后，老郑就在矿区附近寻了份工作），快到家门口时，远远地看见翠花和老柴在自家院里拉拉扯扯。老柴今年三十六了，远近闻名的一个光棍儿。待老郑一进院子门，老柴把手里的一块红布往翠花手里一塞，头也不回地走了。老郑一看，扬手掴了翠花一耳光，眼里喷火地骂道：都叮嘱多少次了，你……你咋就狗改不了吃屎哩！

翠花憋屈地僵在那里，半天才反应过来，哇地哭了，一边哭一边念叨，你咋就不能相信我？你咋就不能相信我？

这事儿没等到天黑就水落石出了。原来是老柴的嫂子要出嫁女儿，托老柴捎来一块被面，请求工于女红的翠花绣幅鸳鸯图。人家老柴和其他光棍儿不一样，根本不愿意揽这差事，是被嫂子骂来的。当时老郑所看到的拉扯场面，是翠花担心老郑心眼多，想拒绝这吃力不讨好的活儿。老郑还真冤枉了人家翠花。老郑知道自己错了，又是道歉又是哄，大骂自己狗眼瞎了。翠花扭着个身子看天花板。老郑又换了一招，扒自己衣服，脱得只剩一条裤衩，在屋子中间转圈儿，问翠花麻绳搁哪儿了。翠花不解地问你寻麻绳干啥。老郑说，负荆请罪，书上不都是这样写的吗？翠花扑哧一声，笑了。

临睡前，老郑为了表示自己的忠心，把银行的存折和密码都交给了翠花。翠花感动得一把抱住老郑，像一条鱼儿游进了他的怀里。

第二天晌午，老郑睡眼惺忪地醒来，发现翠花不见了，屋里屋外寻了个遍,踪迹皆无。隔壁说一大早看见翠花蹬个三轮,急匆匆地走了。老郑心里一惊,赶紧翻箱倒柜,怎么也找不到自家的存折。

翠花卷款跑了。

妈的,翠花把老子所有的钱都骗走了!老子蠢得跟猪一样,还把存折和密码告诉了她。老郑气得火冒三丈,坐在街中心的樟树下破口大骂。很快围拢了一帮人。老郑对大家激动地说,你们知道翠花以前是做啥的?你们知道翠花以前是做啥的?

几个老光棍儿掩嘴偷笑,彼此挤眉弄眼。也有人表示同情,好言劝慰老郑赶紧去报警。

这时,一个小孩指着公路上大声嚷道:郑叔叔,你看,谁来了?

大家循着孩子的话往公路上望去——刚好是一个陡坡,翠花正推着三轮车吃力地升了上来。她两腿弯曲,身体绷成一张弓,气喘吁吁地,使劲儿往坡上拽——她的车上,驮着一个硕大的冰箱。

众人哄地乐了。

围观的人群知趣地散去。几个老光棍儿一边散,一边交头接耳,拿目光狠狠地剜翠花。

老郑大着舌头问翠花去哪儿了。翠花说,天气热了,制不了酸菜,所以赶早儿去买了个冰箱。你睡得沉,没惊醒你呢。

老郑闻言,身体像被电击了一般晃了晃,牙疼似的捂着腮帮子。

温暖一条叫温暖的狗

二狗的眼镜生涯

二狗坐在教室的最后一排,离黑板很远,看上面的粉笔字却毫不吃力,抬眼一扫,就把老师的试题记在练习本上了。村前的高压电线上,站着一排小黑点,二狗能分辨出是燕子还是麻雀,还能数出数量。

二狗的视力出奇的好。

可是,二狗不快乐。二狗觉得戴眼镜文质彬彬,秀气好看,像一个会读书的好学生。每次考试成绩出来,准是那几个"四眼"排在前面。老师也说,一看他们,就知道人家学习勤奋。二狗读大学的表兄,鼻梁上也赫然架着一副金边眼镜,儒雅倜傥。大家问表兄怎么戴上了眼镜,表兄一脸矫情地说,我现在有点近视。大家便以羡慕的口气赞道,真有出息!躲在角落里的二狗,渴望有一副眼镜,像表兄那样。

遗憾的是,二狗的眼睛狗一般贼亮。

二狗有办法。二狗看书不再是看了,而是啃。傍晚光线暗淡时，二狗也不开灯，对着书看。

功夫不负有心人。一年后，二狗如愿地戴上了眼镜，尽管只有150度。

二狗真正为眼镜这事苦恼，是他大学毕业后。那时，二狗戴着350度的眼镜，在上海寻了份推销保险的差事。

每天一大早，二狗西装革履，容光焕发，一副近视眼镜擦得锃亮，端端正正地戴在鼻梁上。二狗挥着拳头冲镜子里的自己大声说，我是最棒的！然后，信心百倍地出门了。

二狗耐心地敲着一户人家的门。对方不开门，对着猫眼瞅了瞅，警惕地问找谁？二狗用手扶了扶眼镜，礼貌地做自我介绍，我是保险公司的……没等二狗说完，对方就甩了个字：滚！

换下一家，如此。再下一家，还是如此。烈日炎炎下，二狗汗流浃背，汗水把眼镜浸渍得白花花一片。二狗用面巾纸不停地擦拭，越擦越模糊……一个月下来，二狗不仅没有签出一张单，还在公交车上挤坏了两副眼镜。

二狗看着其他同事业绩斐然，估计是自己没摸对门路。于是，二狗请公司业绩最好的老张吃饭。饭桌上，老张推心置腹地说，不管做什么行业，形象是最重要的。像你这样，斯斯文文地戴副眼镜，一脸白净，像个刚出校门的书生，让人家如何信任你……

二狗豁然开朗。

二狗向同学借了些钱，上医院做了准分子激光手术。"四眼"的二狗又变回了两眼，视力差不多恢复到了以前的

温暖一条叫温暖的狗

水平。

晒得一身黝黑的二狗,跑保险挖到了他人生的第一桶金。后来,二狗改行开了家纺织厂,生意越做越大,经常出入于上流社会。

然而,二狗很困惑。

二狗每次去人家公司谈生意,对方前台的接待小姐总要询问半天。二狗去剧院看芭蕾舞,守门的检票员把他上看下看,又对着他的票左看右看,看得二狗很不自在。二狗带着秘书去酒店出席商务活动,门童对秘书点头哈腰,却把他拦在门外。为什么会这样?二狗很困惑。

直到有一天,二狗听到手下人背后骂他土包子、农民企业家,才明白了症结所在。二狗没有像往日那样大发雷霆,而是把自己关在办公室里,关了一个下午。二狗上街精心挑选了一副钛金平光眼镜,把自己又从两眼变回了"四眼"。他还联系了一家美容院,每天坚持去做护肤美白,在一堆半老徐娘中间转来转去。

每天一大早,二狗西装革履,容光焕发,一副钛金平光眼镜擦得锃亮,端端正正地架在鼻梁上。二狗挥着拳头冲镜子里的自己大声说,我是最棒的!

时间都去哪儿了

他,胖,肉乎乎的,衣服穿在身上,像捆一只肉粽。因为胖,他很少带钱包,碍手碍脚,嫌麻烦,也不好看。事实上确实不好看,一件花T恤,一条牛仔裤,揣个钱包,鼓鼓囊囊的,特扎眼。他出门,一般手里抓个手机,口袋里掖个几百块钱,昂首走在大街上,面对湍急的人流,目光如炬。朋友都说他像美国人,出门时四大皆空,一身清爽。他听了,心情愉悦,一脸得意。当然,这是他几年前的样子。

几年后的一天,他回故乡,一个文友赠送几本自己写的书给他。文友很客气,将书装在一个文件袋里,双手捧给他。他当时没太在意,握着对方的手,啊呀啊呀地表示感谢。

回到家,他还是没怎么在意,取出书后,顺手将文件袋扔在车的后备箱里。直到有一天,他上银行去取钱,因为数额不小,才恍然发现这个文件袋的好处。文友是政府的一个小官员,所给的文件袋是全市某年度经济工作表彰大会的

温暖一条叫温暖的狗

纪念品，蓝艳艳的，尼龙布面料，光滑结实，提在手里很轻便。他所在的城市治安不是很好，偷盗抢夺时有发生，他在车窗玻璃被砸了两次后，痛定思痛，将各种真皮的手提包束之高阁，拎上了这个蓝袋子。

蓝袋子土里土气，但实用，里面可以放各种零碎：车钥匙、家门钥匙、办公室钥匙、行驶证、驾驶证、身份证、信用卡、手机、香烟、打火机、纸巾、零用钱，甚至避孕套。一个蓝袋子，像一个百宝箱，彻底克服了他丢三落四的臭毛病。更重要的是，它不惹眼，可以远离许多人的惦记。

自从用上了这个蓝袋子，他发现菜市场的菜价降了不少。当然，这和他的穿着也有关系，他已经很少穿鲜艳的T恤和带窟窿眼的牛仔裤，更别说油光锃亮的进口皮鞋。他买菜不习惯讨价还价，但不再是从口袋里摸出几张一百的让人家找零，他随身所带的蓝袋子里，有的是零钞。人家找他硬币，他也不会像以前那样拒绝，而是笑吟吟地扔在袋子里，转身递给下一家。硬币这玩意儿，确实碍事，搁在身上不仅沉，而且容易丢。有一次洗车，洗车师傅从座位底下和各个犄角旮旯里抠出四十几枚硬币捧在他面前，让他着实大吃一惊。说起洗车，现在就省事多了，把各种贵重的物品一股脑扫到袋子里，免去了以前左捧右拿的尴尬。

也有不愉快的事儿。

一次，他去找一个熟人。车停在大街上，穿过两条小巷，站在一栋楼的楼下，他有些拿不准熟人的住处，便向一楼开杂货店的老板娘打听：老周是住这里吗？老板娘看了他一眼,站在门口仰着头对楼上喊:老周,三楼的老周,收电费的找你!

收电费的?他哭笑不得。转而低头看自己的打扮,一身篮球无袖背心和短裤,一双沙滩凉鞋,手里提着一个污迹斑斑的蓝袋子。晕,还真不能怪人家有眼无珠。临上楼时,他笑眯眯地对老板娘说:顺便通知你一下,从下个月开始,每度电上涨一块二毛钱。

还有一次,他去参加朋友阿贵儿子的婚宴。刚刚走到酒楼门口,有人热情地迎了上来,大声招呼道:村主任来了,欢迎,欢迎!

阿贵忙跑过来纠正道:村主任还在路上呢,这个是夏老板。

他尴尬地挠了挠头,从蓝袋子里掏出一个红包递给阿贵,自我解嘲地问那人:村主任有我这么休闲吗?

尽管这样,他对这个蓝袋子依然是不离不弃,敝帚自珍。时间久了,袋子底下磨出了一个洞,他举在手里望了半天,对妻子说,帮我补补吧。

妻子说:别补了,脏兮兮的,值几个钱呀。他笑着摇摇头,讲了关于这个袋子的一些事情和好处。妻子打量了他半天,说:你老了。

老了?我才35岁呢。

对,老了。你不再讲排场和面子,也不在乎别人的眼光,而是追求实用,追求随意,心态平和,这是一种成熟的老。

他知道妻子的话有些道理,但依然在心里忍不住郁闷地想:我怎么就老了,时间都去哪儿了?

杀 青

这是一个晚春的黄昏。

细雨濛濛中,你打一把黑雨伞,穿一件黑风衣,拖着一个黑色的皮箱,如一个墨点在雨里游动。你沉重的皮箱,在山路上发出咣啷咣啷的声响,让他产生一种恍惚感,恍惚二十年前的那个你回来了。

你站在他面前,第一句话是这样说的:我在这儿出差,事情办完了,刚好有几天空,所以来看看你。你说这话时,目光躲躲闪闪,躲躲闪闪里,一抬头,便撞见了他的目光。他正默默地注视着你,眼中是一泓如水的静谧。你问,解释是不是有些多余?

他说,好像是。

你们相视一笑,很熟稔,毕竟你们曾经是那样的相识相知。

你和他的故事很凄美。在城里读高中时,你们就好上了，彼此都是初恋，把自己的第一次给了对方。当一切似乎天荒地老时，一纸大学录取通知书改变了你们的命运，最终你去了一所北方的财经大学，他则灰溜溜地回了山区的老家……

没来之前，你心中涌动着千言万语，想坐在他身边，一一说给他听。现在，面对面站着，你望着正在慢慢老去的彼此，发现自己心如止水，同时或多或少有些尴尬。他默默地接过你硕大的皮箱，还有一身疲惫的你。他似乎对生活中任何变故都处变不惊，包括你风筝般消失二十年后突如其来的造访。他平和地给你倒了一杯茶水，静静地看着你喝，眼里满是慈爱，好像你是他外出打工归来的孩子，或者他们家多年未走动的一门远房亲戚。

你想问，这么多年来，你还好吗？但你最终还是没有出声。你望着这户与世隔绝的靠种茶为生的山里人家，目光濡湿，如潮。

他的妻子，对你很好。尽管你听不太懂她的山地方言，但你看得出，她的言语间，充满了对你的敬重和惊羡。她无法知晓山外世界的精彩以及精彩背后的无奈。她的敬重中透着一份平淡，惊羡中藏着一份淳朴。

心烦意乱了几天后，你终于安安静静地住了下来。

清晨，鸟声叽啾，你半躺在屋前的摇椅上喝茶。茶是绿茶，他家自制的春天头道绿茶，昨天还青青翠翠地挂在茶树上，今天却被泉水泡着。泉水呜咽里，茶叶尽情舒展开自己的身体，恣意行走，瞬间成了一个绿意盎然的春天。你小心

温暖一条叫温暖的狗

翼翼地品着"春天",痴痴地看着脚底下。你的脚底下,雾霭流动,一片片绿油油的茶园,梯田式伸展蔓延下去。

稀饭咸菜的早餐过后,山坡上茶香浮动,你打开带来的《瓦尔登湖》,在湿润的空气里,静静地读几页,累了,便窝在摇椅里眯一会儿。

山里的午后,每天会准时下一场细雨。细雨过后,你俨然成了一个农妇,扎一条蓝头巾,背一个茶篓,跟在他妻子身后,一起去采茶。茶叶采了多少不重要,重要的是你很快乐。你和他妻子有说有笑,像一对熟稔的姐妹。有时,他妻子会讲一些关于他的趣闻轶事,比如做代课老师时经常走错厕所,比如每次蹲在茅坑里不看报纸就拉不出屎来,比如为纠正镇政府门口的错别字和看门的老头儿吵架。你微笑地听着,眼里泪光闪动。他对妻子的"揭发"不恼,也不制止,憨厚地笑着,津津有味地,仿佛在听别人的故事。

鲜嫩的茶叶采摘回来后,得抓紧时间制作。女人蹲在灶前烧火,男人则把茶叶倒在铁锅里,双手不停地上下翻炒,时疾时缓,时轻时重,非常美妙,如同在弹奏一架钢琴。

这是杀青吧?你问他。他惊讶地看着你,点点头,说,嗯,茶叶制作一般是三个过程:杀青、揉捻、干燥。

你说,我知道,我小时候看过。你还说,我是偷偷看的,因为我们那里忌讳未婚女子看这个。

他停止手里的活儿,怔了一下,问,为什么?

你说,我也不知道。但我估计,也许老一辈认为茶叶的制作过程,就是一个女人一生的写照吧。

他支吾了半天，红着脸说，按照你的解释，杀青是一个女子的新婚之夜，是一个女人成长的那一刹那？

你的眼里湿了，认真地点了点头。你别转脸看着窗外，努力不去回忆你和他的第一次，还有当年学校后面的那片小树林。

他沉默着，双手加快了翻炒的速度。高温下，茶叶失去水分后，抑制发酵，慢慢柔软下来，蜷缩在一起，灯光下，泛着黄绿的光泽。

没几天，你也学会了这门技艺。每次，你揉捻着茶叶，看它们在你手里一片片痉挛，一片片柔软，你一脸庄重，眼里满是泪水。

半个月后，你再一次拖着那只沉重的皮箱，告别了他，还有他的家人。走的时候，你对他说，我真傻。他微笑地看着你，目光里充满赞许。

你回去后的第一件事，就是找到单位的领导，当面打开那只皮箱，一脸轻松地说，所有的钱都在这里……

小杆和老杆

老杆开了家小餐馆,在丰城汽车站对面,为进城的乡下老表炒盘廉价的米粉。老杆一天到晚忙得脚打屁股。

小杆,老杆儿子,无职无业,喜欢上网,还是当地一个小网站——剑邑论坛的版主,整天和一帮网友厮混在一起。

老杆问儿子:"你当版主一个月拿多少钱工资?"

小杆说:"谈什么工资,真俗!"

老杆骂:"老子以前在生产队当会计,除了工分,一年还拿七块钱呢!别人家是吃饱了饭撑的,你呢?你是饿瘪肚子穷快活。有精力还不如帮老子洗洗盘子。"

"爸,你懂啥!这是生活,生活得讲究质量和品位。"小杆劝告老杆别动不动就是钱,生活除了钱还应该有其他的内容。

老杆撇了撇嘴,不死心地劝儿子:"你还是老老实实找个姑娘结婚成家吧。"

28岁的小杆脖子一梗:"我不能随便把自己卖了,没有爱情结什么婚!"

"你能值几个钱?什么叫爱情?爱情就是狗屁!"

小杆苦笑。

一天,小杆挽着个俊俏的姑娘来见老杆:"爸,我的爱情来了。"

"爱情"模样乖巧。老杆的双手激动地在油腻腻的围裙上擦来擦去,笑着问:"闺女,你叫什么名字?"

姑娘笑笑,没有说话。小杆说:"她叫夜空不寂寞!"

"啥?"老杆脸上的笑容顿时凝固了——世上哪有这鬼名字?

"夜空不寂寞,是她的网名。她是个哑巴,不会说话。"

"哑巴?"老杆暴跳如雷。气归气,老杆最终没能拦住小杆和哑巴的爱情。

小杆结婚后,不再往外跑了,成天在家里恋着老婆。老杆感慨儿子成家了,心也收了。成家便要立业。小杆找老杆商量:"爸,我想开家餐馆。"

"开什么餐馆,一起做得了,我这里本来就缺人手。"

"你这哪里是开餐馆?分明是卖苦力!你这样挣钱太累了。"

老杆气得要吐血,挥手给儿子一记耳光,破口大骂:"你看不起老子?兔崽子,就你这德性能开餐馆?"

小杆一脸正色:"借我一万块钱,半年后还你。"

"一万块?一万块能开餐馆?你疯了吧!"

温暖一条叫温暖的狗

"爸,不用你操心,我心里有数。"

小杆在城外的马路边找了栋旧房。这房子是一个叫"南飞雁"网友的,"雁"已南飞广东,房子闲置多年。"南飞雁"不要租金,只求小杆把房子看好。小杆找了块塑料布,用红漆歪歪扭扭地写上:儿时的味道。写完后,歪歪扭扭地挂在破烂的房檐下。八仙桌,长条凳,锅碗瓢盆土得掉渣。最大的卖点还不是这些,是柴火。小杆从夏阳冈上运来十多车木柴,堆在房前的空地上,小山般码得整整齐齐,像一块巨大的招牌,招揽着来往的路人。

两个雇来的老太太,在灶前专门负责添柴加火。厨师都是乡下红白喜事的老厨倌。几个老头一个月拿着一千多块工钱,笑得合不拢嘴,特别卖力地烹饪这些传统的乡下菜。服务员是清一色的农村大嫂。

开张那天,小杆在论坛里发英雄帖,广邀网友。大家大口吃肉大碗喝酒,颇有几分梁山泊的豪气。饭后,网友们纷纷写帖子发图片,盛赞小杆"儿时的味道"。小杆声名大噪。城里人厌倦酒楼餐桌上的千篇一律,纷纷往郊区蜂拥。

餐馆原来也可以这样开?老杆看到儿子的生意红红火火,心中窃喜。

半年后,小杆没有食言,来找老杆还钱。老杆说:"老子就你一个儿子,父子之间还能算清账?别赚了几个臭钱,尾巴就翘上天。"老杆忍不住问:"你是怎么想出这鬼点子来的?"

"我哪里有那本事,这是一个叫闲得无聊的网友帮我支的招，他是个美食家。"

老杆幡然醒悟："你小子上网，是不是为了拉关系交朋友，为自己发财铺路子？"

小杆苦笑说："上网是为了找乐子，和发财不搭界！"

"这网也太厉害了！"老杆暗自惊诧。老杆瞒着儿子，花了300块钱，利用晚上的空当，在电脑培训班坐了两个月。

我的富人生活

我是一个富人。

一天,我问老婆,像我这样,一天需要多少钱开销?老婆坐在梳妆台前描眉,听见我的话,把眉笔一摔,说,啥意思,嫌我花钱多呀?

我说,我会缺你那几个钱?昨晚,我做了一个梦,梦见一个乞丐问我,说买一天我这样的生活,需要多少钱?

老婆乐了,扔给我一个计算器,说,你自个儿算吧,慢慢算,算清楚点。说完,丢下我,提个坤包出门打麻将去了。我愣了一下,摁着计算器,算开了——

我家别墅位于郊区,离一个养猪场不远,413.6平米780万,加上银行按揭的利息,总共需要支出1040万。等到开发商交付给我时,还剩下65年的使用期,折算每年是16万,每天是438元。这是典型的毛坯房,混凝土楼板,水泥轻质砖墙壁,烂泥塘一样的花园,让我花了215万进行装修。全屋进口豪华家具家电，屋里屋外金碧辉煌，好几次把远道而来的老乡镇得不敢进门。我又在花园里栽几棵树，种些花草，挖个小池塘养鲫鱼。我从小就爱吃鲫鱼。装修这块，按照10年的使用寿命，折成每年是21.5万，每天是589元。水电费、物业管理费加一起，一个月5200元，一天173元。如此，住方面每天需要1200元。

算到这里，很想插一句，我不是电影里一掷千金的富翁，更不是福布斯排行榜上富可敌国的富豪，我只是个现实中的富人，比普通老百姓多几个钱而已。按照过去的阶级划分，我应该是无产阶级的老板，中产阶级的大哥，资产阶级的小弟。

我出生于农村最底层，注重勤俭持家。我家的保姆习惯很不好，每次上完厕所都要冲马桶。我骂她，水金贵呢，你独立一个洗手间，冲什么冲，一天冲一次就够了，不要每次都"匆匆来，冲冲走"，搞得跟领导似的。

我每天要烧掉两包万宝路，一包红双喜，半包软中华，一天62元。万宝路是自个抽，我只好这口，劲儿大，痰少，是爷们抽的烟。广东这地方有个习俗，不以烟论贫富，8块钱一包的红双喜大行其道，我身上也不能缺，毕竟每天亲民的时间占多数。上门求领导办事或者路上遇到老乡，我递给他们的是软中华。这样会不会乱？不会。左裤袋万宝路，右裤袋红双喜，上衣口袋搁的是软中华。这个良好的习惯，我保持了多年。

穿着方面，我只买名牌。账是这样算的，比如一双耐克运动鞋，800块钱，穿半年淘汰，那么一天的开支是4.4元。如此这般，我每天人模狗样，需要68元。算到这里，我想起了一个可乐的事儿，有人笑话我脖子上的金项链太粗，像拴狗用的。我听后，心里乐开了花，最起码大家还高看我像条狗，而绝大部分人，连狗都不如呢。

我的座驾是奔驰S350，包牌价153万，加上10万块钱带尾数888的车牌号码，一共是163万。参照市场行情，每使用一年，就得掉价9万，等于每天的租用费是247元。加油、维修保养、保险、过路桥等费用，一年大约是17万，一天466元。

衣行方面，每天计781元。

市场经济，商品社会。养儿育女，是为自己的未来埋单，赡养父母则是还债，还养育自己欠下的债。这和信用卡是一个道理，左手提前透支，右手事后还钱。我算了半天，养两个小孩每年需要8万，远在乡下的父母，每年需要6千。

为过去的生和未来的死，每天支出236元。

现在，该说说我老婆了。我现在这个老婆，是在夜总会认识的。千万别误会，她不是风尘女子，我一个富人，怎么能干那种事。现如今，富豪包养明星，穷人街边嫖娼，我这个站在中间的富人，缺什么补什么，只喜欢知识。她比我小18岁，很有知识，研究生毕业后在夜总会做公关部经理，清纯可人，我一眼就瞄上了。知识的力量是无穷的。我全身充满着无穷的力量，追了她两年，花了80万，终于和她手牵手走进了婚姻的殿堂。爱情的浪漫，是需要金钱来支撑的——

这是她写在日记里的一句感悟。

对了，还有个账必须算在她头上，就是和我前妻离婚，花了我2.08万元。2万元是青春损失赔偿费，800元是律师见证费。

按照正常人50年的婚姻来算，使用她每年的费用是16416元，加上她一个月的零花钱1万元，综合起来，她每天的批发价是378元。

结婚三年，我便后悔了。因为每个月就用那么几回，太不合算了。女人，只要一结婚，就是仙女，也会和楼市一样掉价，哗哗地，让男人厌倦。男人嘛，按照成龙大哥的说法，容易犯男人该犯的错误。去年，我在外面包了一个，详情就不说了，反正一个月需要8000元左右，一天是267元。

我每个月会准时打高尔夫球一次，夜总会K歌两次，桑拿沐足三次，每个季度去港澳旅行扫货一次，每年上音乐厅听意大利歌剧一次……这些七七八八的娱乐休闲费用，一年下来，需要15万，日均411元。

还有一笔费用，就是名誉费。住别墅开奔驰，在老家的地面上，我算是个不需要打肿脸来充的胖子，经常得意思一下，捐点钱做点慈善公益事业，留个好名声。就拿去年来说，请村干部吃饭娱乐两次，计16500元，村里修路捐款1888元，重建小学2888元，修庙38888元，菩萨开光108888元，共计169052元，日均463元。

修路建小学为什么捐那么少？原因很简单，道路和小学建得再好，也和我无关，反正我每年回不了几趟老家，孩子

温暖一条叫温暖的狗

更不可能在那里上学。我不傻呢。修庙捐多点,是合情合理的,我今天之所以成了一个富人,就是靠神佛保佑的。对神佛,得怀一颗感恩的心。至于菩萨开光捐的108888元,现在想起来,我还有些心疼,像割身上的肉一样舍不得。都怪那个吴胖子。吴胖子在外面包了几个工地,有了几个钱,就不把我放在眼里,到处造谣说我住别墅还按揭,是个空架子。我怀疑他连别墅是啥样都没见过,还好意思说我按揭呢,可笑!

菩萨开光那天,声势浩大,需要去周边十里八村游行,谁打头阵第一个扛菩萨,是通过投标来确定的。几轮下来,那个死胖子和我较上了劲儿,当他报出58888元时,整个祠堂一片欢呼,转而又鸦雀无声,大家目不转睛地看着我。我微微一笑,在心里狠狠地跺了一下脚,报出了一个让所有人目瞪口呆的天价。我说,我加5万,108888元。所有人里面也包括吴胖子。吴胖子眼皮耷拉着,猫着腰蹭到我跟前,双手递给我一支烟,毕恭毕敬地说,大哥!

我说,别说是加5万,就是加100万,我今天也得把那头标抢下来。人活着图啥?图一口气,图别人烧炷香。

至此,算完了。

总结一下:梦里面的那个乞丐,如果想买一天我这样的生活,需要1200(住)+400(日常生活开支)+20(保姆工资)+62(烟)+781(衣行)+236(为生和死买单)+378(老婆批发价)+267(包养情妇)+411(娱乐休闲)+463(名誉费)=4218元。

社会万花筒之中国微小说系列丛书

与马原论疯子

　　一切都和一个叫马原的家伙有关。

　　马原是个写小说的，著书立说，偶尔会在报纸上混几个小钱买酒喝。一天，马原在晚报副刊上发表了一篇文章，里面引了一个故事：

　　一个疯子以要饭为生，常有人围观他。一个围观的人满怀幽默地说："疯子，你行个礼，我给你一块钱。"

　　疯子想也不想回答一句："我再行个礼，你还给我一块钱吗？"

　　就这么一句貌似绕口令的傻话，马原下笔万言，从古代礼仪到西方哲学，谈古论今，剖析出五个层次，最后还溯源到中国哲学和禅宗的精髓。一言概之，这是为疯子写的一封表扬信，或一首赞美诗。

　　一个有钱人读了此文很不高兴，心里忿忿不平地骂道：从牛粪里分析出茅台酒的酱香，这不扯淡吗？现实生活中，怎

温暖一条叫温暖的狗

么会有这种机智幽默的疯子？疯子有这等深沉，就不是疯子了，更不可能去要饭，去大学里教书都是大炮打蚊子。牛粪永远是牛粪，再香，也不可能是茅台酒飘的那个味儿。

有钱人骂完，觉得不解气，随手给马原发了个邮件，陈述了自己的质疑。有钱人当时很无聊，洋洋洒洒上千言，最后还反问马原：面对疯子的一句屁话大力褒扬，难道你也疯了吗？

很快，马原回复：你说呢？

有钱人更不高兴了，老子给你写了一千多个字，你才回复了一句话，连标点符号加一块儿才四个字，你不就是一个破作家，有什么了不起的？马原的矜持，激怒了有钱人。有钱人决定去现实生活中寻找证据，以此证明马原的荒唐。有钱人平日没什么事儿干，的确很无聊。

有钱人兜里揣了一捆钱，开着车出去寻要饭的。有钱人较真了。

在十字路口等红灯时，一个老头儿，衣衫褴褛，挨个儿在讨钱。有钱人摇下车窗，热情地招呼老头儿："疯子，你行个礼，我给你一块钱。"

老头儿看着有钱人，目瞪口呆，一会儿缓过神来，弃下手里的盘子，拔腿逃之夭夭。有钱人微微一笑，自言自语道："马原同志，你说呢？"

有钱人把车停在商场门口，刚下车，就有老婆子上前来讨钱。老婆子一手拄根竹竿，一手端着个龇牙咧嘴的铁盘子，几枚硬币在里面咣当作响。有钱人笑呵呵地说："疯子,你行个礼,我给你一块钱。"

老婆子一怔,扭头便走,一边走,一边不时偷眼瞅有钱人。有钱人微微一笑,自言自语道:"马大作家,你说呢?"

有钱人经过地铁隧道,看见一个卖唱的小姑娘。小姑娘盘腿坐在地上,弹着吉他,看着眼前的人来人往,歌声悲切。小姑娘脚前搁置了一个打开的吉他盒,里面有一些零散的纸钞和硬币。有钱人蹲下身,和蔼地对小姑娘说:"疯子,你行个礼,我给你一块钱。"

小姑娘手里的吉他停了,剜了一眼有钱人,继续弹唱起来。有钱人怕她没听清楚,又重复了一遍。小姑娘毫不理会,闭上眼睛,一脸厌恶的表情。有钱人微微一笑,自言自语道:"马疯子,你说呢?"

读过马原这首"疯子赞美诗"的人,除了这个有钱人不高兴外,还有一个疯子也很生气。

疯子跳起脚来骂道:"这个书生,胡编乱造。世界如此冷漠,生活如此烦,怎么会有这么仁慈的上帝?"

疯子骂完,也像有钱人一样给马原发了个邮件,也反问马原:你本身就是一个疯子,对吧?

很快,马原也回复:你说呢?

疯子更生气了,换了一身破烂衣衫,往脸上抹了些灶灰,端着一个破碗出门了。疯子的家境其实挺不错,完全不用去要饭。疯子也较真了。

疯子每遇到一个人,都是一脸虔诚地问道:"我给你行个礼，你给我一块钱，好吗？"

一个少妇闻言，花容失色，疾步离开。

一个胳膊上纹了青龙的壮汉皱了皱眉，呵斥："欠揍是吧？滚！"

一个正在跳街舞的90后听了，对疯子一鞠躬，嬉皮笑脸地说："还是我给你行个礼，你给我一块钱好了。"反而把疯子吓坏了。

疯子一边孜孜不倦地询问路人，一边在心里有一下没一下地骂马原：马屁精……马蜂窝……马疯子！

就像天宇间的两颗流星，只要是相向而行，无论距离多远，都有会师的那一天。城市不大，因为干着同一件事儿，三天后，有钱人和疯子在市民广场相遇了。

相遇时，疯子坐在喷泉池边，神情沮丧。他手里的破碗，空空如也。疯子听见有钱人问他："疯子，你行个礼，我给你一块钱。"

疯子啪地站了起来，激动地抢答："我再行个礼，你还给我一块钱吗？"

有钱人和疯子禁不住同时心花怒放，暗叹：娘哎，原来世界上真有这回事啊！马原啊马原，你这家伙太伟大了！

有钱人抑制住内心的狂喜，掏出一张一百块的，握着疯子的手说："疯子，你行100个礼，我给你100块钱。"

疯子想也不想回答一句："我再行100个礼，你还给我100块钱吗？"

有钱人很爽快地答应："你再行100个礼，我再给你100

块钱。"有钱人扬扬得意地想：马原，老子才不是你笔下的那种笨人。我这是以逸待劳，疯子行100个礼，我才问一句话，爽！

疯子接过100块钱，鸡啄米一样对有钱人深鞠躬，还扯着嗓门吼数："1，2，3，4……"疯子两眼冒光，兴奋异常，声音春雷一般在广场上空飘荡。

围观的人越聚越多，直至人山人海。大家不明白是怎么回事，一边瞧新鲜儿，一边相互打听："他们怎么啦？"

"不知道，你说呢？"

"俩疯子呗！"

捡糖纸

我七岁那年,湘云回来了。

湘云是我们村嫁出去的姑娘,一家人生活在上海。这次,趁着休探亲假,带先生、女儿回娘家住上一段日子,算是衣锦还乡。

我当时不明白湘云口里的"先生"是什么意思,看着她轻声细语地唤她带回来的那个男人,便感觉和我们父辈称呼学堂里的老师为先生是两码子事儿。湘云的先生很讲究,雪白的衬衫,笔挺的西裤,身上散发着一股淡淡的香皂味,喜欢坐在院中樟树阴里的摇椅上看书。每次看书前,都要洗手,洗完后,再用雪白的毛巾擦干。这让我们一大帮解完手用干稻草或南瓜叶擦屁股的村人大开眼界。

湘云刚回来那阵子,村里很多人都去瞧新鲜儿。刚在水田里劳作完的村人,还没来得及洗净脚上的泥巴,便往湘云的娘家凑。一边抽着湘云带来的散发的香喷喷的纸烟,一边看着人家一家三口白白净净，衣着光鲜，一脸菜色的村人尴尬地赔着笑，内心不由生出许多感慨。

我就是在那时盯上了湘云的女儿的。她叫榕榕，和我年纪相仿。用我今天饱经沧桑的眼光来看，不知道她长得是否漂亮，更可悲的是，我现在彻底记不起她的模样了。反正城里来的小女孩，在当时我这个衣不遮体的乡下孩子眼里，个个都是白雪公主。

当我躲在门背后目不转睛地瞅着这个白雪公主时，湘云善意地笑笑，直截了当地问我，要不要我们家的榕榕嫁给你？

要！我的回答，立刻招来哄堂大笑。

湘云不笑，严肃地问我，如果我把榕榕嫁给你，你打算怎么样对她好呢？

我挠了挠头，使劲儿地想，怎么样才算是对她好呢。我想了半天，还是想不出来。我一急，眼泪吧嗒吧嗒地掉，仿佛榕榕马上要嫁给别人了。

湘云和蔼地说，孩子，你别哭，你回去认真想想，想好了告诉我。我给你三天时间。

我现在还清清楚楚地记得，那三天我是如何度过的。整整三天，我心里像着火一般，白天躺在夏阳冈的草堆里，流浪汉一样，望着天上的浮云发呆，晚上等娘睡下后，偷偷遛到夏阳河边，在河堤上来回踱步，踩碎了满地的月光。银色的月光，在夏阳河面上拥挤，奔跑，喧声震天。

三天后，我如约站在湘云面前。我嗫嚅道，我想学会打鱼，每天给榕榕鱼吃。

温暖一条叫温暖的狗

湘云一怔,认真打量着我,问道,假如今天只打到了一条鱼,你会全部给榕榕吃吗?

会!

湘云又问,那你吃什么?总不能饿肚子吧?

我想了一下,说,看着她吃得高兴,我心里就饱了。

湘云点了点头,对旁边的人夸道,这孩子不简单,将来会有大出息。

我当时不明白湘云为什么会那样说,我只关心榕榕会不会嫁给我。看到未来的"丈母娘"点了头,我心里的石头忽地一下落地了。我得意地想,娶了榕榕这样的城里姑娘,夏阳村的孩子就没人再敢小瞧我了。

以后,我每天明目张胆地去找榕榕玩,好像她就是我的。

榕榕说一口好听的上海话,软绵绵的,棉花糖一样,在我的心里漾出一道甜蜜的抛物线,让我如身处春天的花房,沉醉不醒。榕榕有一个爱好,喜欢收集糖纸。她搬出一个精致的木匣子,从里面取出一沓一沓的糖纸,花花绿绿,摆在我面前,说,可漂亮呢。我面对如此众多的糖纸,惊羡不已。我擦了擦鼻涕,像一个大男人一样豪气冲天地对她说,我一定要给你更多更漂亮的糖纸。

榕榕很乖地点了点头。

从此,我开始了我的捡糖纸生涯。

我每天在村前村后、田间地头到处转悠,连路边的垃圾也不肯放过,只要发现是鲜艳的纸片,就捡回去交给榕榕。学校操场,村卫生站,唯一一家蓬头垢面的杂货店,都是我重点盯防的场所。那是一个物质匮乏的年代,很多人家连饭都吃不饱,哪有闲钱给小孩买糖吃。所以,尽管我非常努力,但收获甚小,偶尔捡回来几张,也是千篇一律的一分钱一块的水果糖糖纸,脏兮兮的,让我不敢面对榕榕失望的眼睛。

那天上午,我又在杂货店门口转悠,发现店里新进了一种高粱饴糖,三分钱一块,糖纸红艳艳的,煞是好看。我喜出望外,这种糖纸,榕榕是没有的。

我犹豫了好一会儿,悄声闪进家门,掀开米缸盖,从米里面挖出一个小布包,颤抖着从娘为数不多的角票中抽出一毛钱,悄悄地出了门。

娘正在门口舂米,她似乎发现了什么,停下手里的活儿,目光锐利地盯着我。我低着头,攥钱的手在衣兜里直哆嗦,哆嗦了一阵,一扭身,撒腿向杂货店跑去。

我买完糖,牛气冲天地直奔湘云的娘家。一进门,我大声喊着榕榕的名字。湘云的娘告诉我,一大早,榕榕全家回上海去了。

温暖一条叫温暖的狗

偷邮票

我一进入初中,便对学校深感费解。

小学毕业考试,我是全镇第一名,是以"状元"的身份进入镇初中的。我之所以说是进入,而不是考取,是因为开学后,我惊讶地发现全镇最后一名的胖墩竟然和我同班,而且还是班长。

宣布胖墩担任班长时,班主任杜老师是这样解释的,胖墩虽然学习成绩不太理想,需要努力和加强,但在同学里面有威信有号召力,非常适合做班长。杜老师说这句话时,很多同学在下面掩嘴偷笑,也包括我。其实大家都知道,胖墩和我翻脸以后,成绩一夜之间一落千丈,毕业考试考了个全镇倒数第一,被他当村主任的爹骂了个狗血喷头。村主任骂完后,送了两条好烟给镇初中的校长,接着又送了两瓶好酒给杜老师,就这样把胖墩送进了初中,还做了班长。

村主任在村里大放厥词,说,读书好有什么用,班长还得老子的儿子来当！显然，这话是有意说给我娘听的。我娘听了，流了半天的泪，一个劲儿地埋怨我爹不该撇下我们孤儿寡母受尽人家的欺负。娘絮叨累了，又抚摸着我的头说，崽啊，好好读书。班长不能当饭吃，我们不稀罕。

我表面点了点头，心里却冷笑，凭啥不稀罕？就凭他有一个当村主任的爹？我是全镇第一名，班长理所当然是我的。

开学没几天，我就发现杜老师不是一个称职的班主任，除了上几节课以外，他对我们班几乎是不闻不问，把所有的事务都交给了胖墩。杜老师痴迷集邮，整天沉浸在他的方寸世界里。

胖墩似乎把他全镇倒数第一名的过错都算到了我的头上，到处找茬。班上轮值日，扫地擦黑板，别人是一人一天，我是接连干一个星期，理由是我个子高，理应多轮几天。我觉得不公平，偷偷跑到杜老师住的房间里请求调整。杜老师眼睛盯着邮票册，皱了皱眉，说，做人要有奉献精神，同学之间亲如手足，怎么能斤斤计较呢？

我哑然。

最可气的是，胖墩还联合成绩同样一塌糊涂的狗蛋，拿我和榕榕当年的事开涮。课间活动时，他们两人经常当着全班同学的面，摇头晃脑，像说对口相声一样。

胖墩问，要不要我们家的榕榕嫁给你？

狗蛋响亮地回答，要！

全班哄堂大笑。这刺耳的笑声，让我恨不能立即找条地缝钻进去，也让班上另外一个同样叫榕榕的女同学面红耳赤。榕榕的目光像刀子一样愤怒地剜着我。我无可奈何。我们已经被他们定义成"两公婆"了。

我偷偷跑到杜老师住的房间里去告状。杜老师眼睛盯着邮票册,皱了皱眉,说,身正不怕影歪。走自己的路,让别人说去吧。

我黯然。

几天后,我又偷偷跑到杜老师住的房间里,从衣兜里拿出几个信封给他看。这些信封里面都是空的,一直锁在我家衣橱的抽屉里。信封上的字迹俊朗飘逸,出自同一个人之手,是从一个陌生的叫青海的地方寄来的。信封上的邮票非常漂亮,让杜老师瞪大了眼睛,左看右看,爱不释手。我说,老师,你喜欢,就送给你。

杜老师喜出望外,说,很珍贵的。

我大方地说,没啥,你喜欢就行了。我想……

杜老师顿时紧张了,问,你想啥?

我结结巴巴地说,我想……我想我成绩这么好,不当班长,人家会笑话的。

杜老师认真地看了我一会儿,说,是,是老师考虑不周,班长确实需要成绩好的同学来担任——火车头嘛,这样对大家的学习才有带动作用。嗯,从明天开始,这个班长你来当。

我欣喜若狂,以至于杜老师吩咐我给他打盆干净的水时,我激动得连人带盆差点摔倒在地。

杜老师把信封泡在水里,好一会儿,才用小镊子将邮票从信封上小心翼翼地揭下来,然后把湿漉漉的信封交还给我。

我当班长后的第一件事就是调整值日。我和榕榕轮空,胖墩接连轮十天,狗蛋五天。我说,现在我是班长,我说了算。你们也不矮呀!另外你们成绩这么差,拖全班的后腿,理应多做点事情,为同学们创造一个良好的学习环境。

胖墩和狗蛋表示抗议,说要去告诉杜老师。

我笑笑,大手一挥,说,去吧,去吧,欢迎你们多提宝贵意见。

不一会儿,我看见胖墩和狗蛋从杜老师住的房间里灰溜溜地出来,心里别提多解恨。

胖墩和狗蛋为了报复我,又拿出了他们的绝活儿,开始在课间活动时说对口相声。这次,他们表情更夸张,表演更卖力。可是,等他们表演完,大家没有像以往那样哄笑,而是鸦雀无声,低头假装看书做作业,当他们是空气。

胖墩和狗蛋尴尬地戳在那里,像两根电线杆。

我站了起来,手指着他们,说,现在,我罚你们扫一个礼拜的厕所!以后再影响大家休息,我罚你们扫操场,信不信?我的话刚完,立即响起了一片热烈的掌声。掌声中,榕榕敬佩地看着我。我心花怒放。

胖墩和狗蛋低着头,蚊子一样的声音,异口同声地说,我认罚,我认罚,我以后再也不敢了。

转眼周末,我回到夏阳村的家里,第一件事就是告诉娘,娘,我现在当班长了!

温暖一条叫温暖的狗

娘正在喂猪,闻言愣了一下,把手在围裙上擦了擦,激动地一把搂着我,说,崽啊,我崽就是有出息。

深夜,我正在睡梦中,被一阵哭声惊醒过来。我爬起床,循着哭声望去,只见娘坐在桌旁暗自低泣。我迷迷瞪瞪地问,娘,你怎么啦?

还怎么啦,这是你爹留给我的盼头,老天爷,怎么会变成这个样子!昏暗的煤油灯下,娘指了指桌子上摊开的几个信封,泪眼模糊地说。

我看着那几个被自己偷偷塞回去的信封以及信封上被水洇开的模糊不清的字迹,头轰地一下大了。

日光机场

我在机场路春天花园有一套空房,一室一厅一厨一卫。亲,如果你正处于受伤期,需要找一个安静的港湾疗伤,那赶紧联系我吧。

望着电脑显示屏,果果怔住了。

这是本地论坛上的一个帖子,楼主的ID叫"墨者"。果果大学读的是历史专业,当然知道墨者的涵义。几乎是一瞬间,正失恋的她,决定上那儿去住几天。果果试着用论坛消息联系对方,并告知自己的手机号码。很快,有人往她的手机上发了一条短信:18栋902房,钥匙在门口的鞋柜下面。

房子不大,但很洁净。除了卧室里摆了一张简易的木床,几乎没有任何家具,空荡荡的。一室一厅一厨一卫,果果瞅了几眼,便门窗紧闭,倒头呼呼大睡,像一个跋涉多日的旅者。

果果醒来时,夜已经黑透了。窗外,滴水成冰,寒冬的

温暖一条叫温暖的狗

烈风呼啸不止。被子很干净,是乡下的那种棉花被,温暖厚实,像母亲的怀抱。一想到母亲,果果心里暖烘烘的,感觉住在这里很踏实。

起来解了个手后,果果拥着被子坐在床头,百无聊赖地点燃了一支烟。这时,她惊喜地发现床边的窗台上放着一台迷你音响。顺手摁下播放键,轻柔的钢琴声从里面跳跃而出,紧接着一个女子的吟唱缓缓响起。她天籁般的嗓音,从云端滑落下来,无遮无拦,潮水般将果果吞没:从云端到路上,从纠缠到离散,有缘太短暂,比无缘还惨……

这一切来得太突然,让果果措手不及。她的眼泪,大颗大颗地跌落下来,跌在被子上,成了伤心欲绝的碎花瓣。黑暗中,她号啕大哭,瘦削的双肩抖个不停,像一个受伤的软体动物。她原本以为一切快要过去了,没想到许茹芸的一首《日光机场》,轻而易举地撕开了她还没有完全愈合的伤口。

一首《日光机场》,反反复复。在许茹芸空灵缥缈的歌声里,果果无所顾忌,哭成泪人。从没有这么痛快地哭过。两个多小时后,沉积在果果心中多日的壁垒消融了。她想以后再也不会为那个男人伤心难过了。因为,她刚才用自己的哭声和许茹芸的歌声,为那段不堪回首的过去举行了隆重的葬礼。

果果打开灯,穿好衣服,站在洗手间的镜子前,默默地打量着憔悴的自己。许久,她长长地吁了口气,感觉到了一种前所未有的轻松。她心想,面对一个背叛自己的男人,我没有理由不把自己从里面释放出来,没有理由不活出个人样来。

从洗手间到卧室，从卧室到客厅，来回踱了几步，果果感到自己很饿，饿得厉害。也难怪，她足足两天粒米未进。

厨房里，不见任何炊具，清冷的灶台上搁着一把电热水壶，还有几盒方便面。果果一边对着水龙头给壶里续水，一边嘴里忍不住嘟囔：这也太墨者了吧！

水烧开后，果果拿起一盒方便面，正要撕开，发现底下还压着一张纸条：如果你想对自己好一些，橱柜里有美味的火腿肠。果果忙打开橱柜，还真发现了几包火腿肠，也有一张纸条：如果你想对自己再好一些，床底下还有更美味的卤鸡翅。果果又跑到卧室里，趴在床边朝里面费劲地摸，摸出了一个纸箱，里面搁了几包卤鸡翅，同样也有一张纸条：如果你想对自己最好，现在可以开怀大笑。字的一旁，还画了一张大大的笑脸。果果捧着纸条，轻轻地笑了，笑得很快乐。

果果忍不住琢磨起来，这个墨者，字迹端庄遒劲，看似刻板，实则是个有趣的男人。房内设施简陋，甚至寒酸，除了一张床一把电热水壶，别无他物，但从很多细节可以看出来，这个男人内心细腻丰富，譬如那首非常适合疗伤的《日光机场》，床头的纸巾，马桶上的笑话杂志。

天亮后，晴日朗朗，果果站在阳台上，望着不远处的青山绿水，舒舒服服地伸了个懒腰。活着，真好，为什么以前就没发现呢！果果由衷地感慨道。发完感慨，果果想了想，还是拨通了墨者的电话。她很想真诚地道一声感谢。

可是，里面传出来一个女子的声音：你好，哪位？

果果说：我想找墨者。

温暖一条叫温暖的狗

那女子说：我，我也不知道谁是墨者啊。

果果愣住了，纳闷地问，不是你昨天发短信给我的吗？

对方轻轻地笑了，说：是我发的，但我也不知道那房子是谁的。和你一样，我也是疗伤者，前段时间在那里刚刚住过。

挂完电话，果果蒙了。

好一会儿，她像明白了什么似的，开始屋里屋外忙碌起来，宛如一个标准的钟点工。直到太阳快落山时，她才擦了擦汗水涔涔的额头，依依不舍地离开。那么，在这么长的时间里，果果究竟做了什么呢？

她先把被子抱到阳台上去晒，又洗了被单，做了全屋的卫生，然后清理了垃圾，再去楼下小区的便利店里采购了一些方便面、火腿肠和卤鸡翅，将这些食品和那几张纸条复归原位，将一切恢复到最初的模样。临走时，小心地把钥匙放在门口的鞋柜下面。一切，似乎她从未来过。

也不对，她还额外做了一件事儿——她买了一箱纸杯装的速溶咖啡，放在阳台上。箱子上贴了一张纸条：现在一切都好了吧？那么，就来杯咖啡犒劳自己吧，好好享受这美好的阳光。

社会万花筒之中国微小说系列丛书

流　星

　　节目播出时，阿黛恰好在海南岛一个温泉度假村里。丈夫来洽谈商务，无所事事的她跟随来玩。当时，丈夫在隔壁陪几个官员打麻将，阿黛一个人闷在房间里，无聊之际，刚好收看了这档叫《美食之旅》的电视节目。

　　电视里，美食家侃侃而谈："前年，我在海南岛旅游，参观博鳌论坛后，当地一个朋友说去品尝本地菜。那天细雨蒙蒙，我们是开车去的，四个人出了博鳌镇，七拐八拐，进了一家农家菜馆。那是一个洁净的农家小院，非常普通，连招牌都没有。我们吃了两菜一汤一饭——干煸鸭、清炒豆角、芥菜咸鸭蛋汤和炒饭，88块钱。这是我终生最难忘的一顿饭，神仙味道，胜过任何山珍海味和美食佳肴。"

　　美女主持人似乎有些失望，插话道："烹饪的方法很特别吗，比如祖传秘制的那种？"

　　"非也。所谓神仙味道，反而是很平常很简单的做法，力求保持食物本身的原汁原味。先说干煸鸭。当地的鸭子都是蚬鸭,学名叫绿头鸭,主要生活在河湖芦苇丛中,以吃鱼虾贝类为主。博鳌是南海之滨一个小镇,三江汇流,鱼虾肥美,水产品丰富。这种环境下长大的鸭子干煸后,香味浓郁,富有嚼劲,口味堪称一绝。他们的豆角也不赖,菜园子里现摘现炒,翠绿养眼,清甜粉嫩,让人无法招架。而芥菜咸鸭蛋汤的做法就更简单了,不加味精,不加油盐,几乎是用白开水煮的。略苦,清热祛湿,汤汁醇厚,齿颊生香。最稀奇的是炒饭,不是蛋炒饭,而是草炒饭。草叫必拨草,又叫猪母草,在海南岛村前屋后到处都是。碧绿的草叶切碎后炒到饭里,香喷喷的,美味可口,惹得食客大快朵颐。"

　　台下观众屏声敛息。一股久违的田野清香,在演播大厅的上空弥漫开来。

　　美食家继续讲道:"当时是冬天,但在海南岛,四处绿油油的,生机盎然,和春天无异。坐在这样空气清新的冬天里,可以看到屋后一片青翠的菜园,再远处,是一个偌大的湖。湖面烟波浩渺。当地的朋友介绍说,很多明星大腕慕名来此,再加上我,都是你带来的吧?朋友笑着摇摇头,非常认真地说,你别小觑这地方,这儿因为离博鳌论坛近,每年开会时,很多国家的总统首相会偕同家人前来光顾。他们每次都是突如其来,将服务员隔离,换上自己的人,保镖三步一岗五步一哨,从洗菜、烹饪到上桌,整个过程全在他们的眼皮底下完成,不能有丝毫马虎。我听了大吃一惊。我实在是难以想象,那些尊贵的总统首相,会坐在这样一个四处透风的简易棚里用餐。更离谱的是，他们高贵的脚所踩的地面是用碎炉渣铺成的，连水泥地都不是。"

"从一进去，我就注意到一个男人，一个中年男人，清瘦，高个，衣着朴素，坐在棚子的一角喝茶，静静的，像老僧入定在一幅山水墨画里。自始至终，他未正眼瞧我们一下，仿佛身边的一切和他毫无关系。他的目光散淡迷离，久久地落在远处的湖面上，似看非看，夹杂着些许让人难以捕捉的忧伤。我悄声问朋友，那家伙是老板吧？朋友惊诧不已，你怎么知道的？我得意地笑了。美食，讲究的是色香味形器五感。这么绝佳的色香味形，装在如此相配的器皿之中，我还是头一次神遇……"

台下静寂了好一阵，才如梦初醒般响起了热烈的掌声。

像一部恰到好处的电影一样，这时，伴随着悠扬空灵的钢琴曲，电视屏幕上缓缓打出了工作人员的字幕——节目结束。

阿黛关了电视，站在阳台上，望着远方发怔。远方，一城灯火，在寂寥的夜空下，妖娆，性感。

隔壁，麻将声稀里哗啦，流水般欢畅。

半个小时后，阿黛合上电脑，捏着一张纸条敲开隔壁的房门，对丈夫说："我想出去一下。"丈夫嘴里叼着烟，正在烟雾腾腾中搓麻将。他抓起一张麻将牌，举在半空中，用大拇指摩挲了两下，顿时喜笑颜开，对旁边一个官员说："刘行长，我老婆想进城做SPA，借你司机用一下。"转而，又叮嘱她，"今晚我得耍个通宵——三万，哈，和了——早去早回，注意安全。"

在以后漫长的日子里，阿黛常常怀想自己那次午夜的疯狂：在陌生的海南乡下，在黑灯瞎火的午夜，来回近百公里的长途奔袭。怀想多了，不由产生众多怀疑，怀疑事件本身的真实性。那晚，一切像一个梦境，迷迷糊糊，不着边际。但是，阿黛清晰地记得，当她在路边站了半天后，回到车里有气无力地对司机说："回吧。"司机一脸困惑。她有些尴尬，支吾道："我只是想看看而已。"

阿黛看到了什么？

垂落平原的夜空，满天繁星金币般闪烁，成了一条涌动的河流。草坡下的那个农家菜馆，隐没于黑夜光滑的脊背上，若隐若现。那一刻，有流星划过天边，缓缓地，璀璨夺目，如夜空的花，绽放成无数条抛物线，坠落在她手中。

那一夜，流星，让阿黛幸福了很久。

青　春

第一次见到苏三，我清清楚楚地记得，是1904年春天的一个下午。

那个下午，红棉街两边的木棉花怒放，一树一树的橙红，燃烧着整个石龙城。

我照例去小学堂看表哥。

每次，我都不进去，隐在门口的树后，静静地听里面的孩子们书声琅琅。我还会踮起脚尖，透过木棂窗，张望他在黑板上奋笔疾书的身影。

表哥是我梦里的人。

小学堂在竹器街上。竹器街商铺鳞次栉比，卖的是各式竹篾制品。医院今天休假，我顺着人流，像一尾鱼儿一样在竹器街的青石板上游来游去。往前再走一步，就离学堂近了一步，离我心爱的人儿近了一步。越往前走，越害怕又一次扑空，好几天没看见他的身影了，学堂刚刚成立，他忙呢。

温暖一条叫温暖的狗

阳光透过街两边各种林立的招牌、骑墙和窗门,稀疏有致,暖融融地在狭窄的街面上画着图案。远处,隐约传来东江江面上船工春天般悠长的号子声。

这时,我无意中看到了苏三。

苏三精瘦,个小,像一只泥猴儿。他可能比我小几岁,在一家竹椅店里当学徒。

我看见他时,他正抱着一对竹椅腿儿在火上烧烤定型。很显然,苏三技艺不精,招来旁边的师傅一顿数落。师傅骂得越凶,苏三越手忙脚乱,毫无章法,气得师傅一把夺下他手里的活儿自己忙开了。苏三满头大汗,一脸尴尬地侍立一旁。

苏三师傅的数落像唱戏一样好听,抑扬顿挫间,时而火车隆隆般气吞山河,时而苍蝇嗡嗡般幽咽低语。我从没见过如此会骂人的男人。我站在店门口,像看戏一样,被深深地吸引了。

我从没意识到,仅仅这一下逗留,竟然改变了我的整个人生。在以后漫长的岁月里,我常常悔恨自己的年少轻狂,我一个名门望族的大家闺秀,一个石龙城叶家的大小姐,一个惠育医院的头牌女护士,竟然会肆无忌惮地站在竹器街一家小店门口,心情愉悦地观赏一个地位卑微的学徒的狼狈相。

我甚至心怀侥幸地想,如果苏三当时没有抬头看我,也许以后的许多故事就不会发生了。可是,苏三最终还是抬头了,一抬头,便顿时像电击了一般,嘴巴半张着,失态地望着我，呆呆地定格在那里，如一尊雕塑。

他的目光不是呆滞空洞，而是灼热四溅。我清楚地看到，他眼里燎着的那团火，正冒着蓝色的火焰，一寸一寸地，呼呼地直往我身上蹿，蹿得我满脸绯红，羞赧不已。苏三像不相信似的，用手揉了揉眼睛，仿佛面前站的不是一个惠育医院的女护士，而是琼楼玉宇里下凡的仙女。他的手本来就黑乎乎的，这一揉，揉出了一对熊猫眼，在脏兮兮的脸上惟妙惟肖，让我禁不住莞尔一笑……

有些事儿，对我来说也许只是一瞬间，而于对方却是永远。譬如我和苏三的偶然一遇和临别一笑。

不久后的一天，我刚到医院上班，就送来了一个病人。病人左手前臂被利刃所刺，一条半尺多长的伤口鲜血淋漓，深至白骨。一个中年男人不顾病人的惨叫和疼痛，在一旁喋喋不休地骂道：王八蛋，篾刀能割手臂……

听着这熟悉的唱莲花落一般的骂声，我扑哧一下笑了，这不是竹器街竹椅店里那对师徒吗？我留意了一下病历，他的名字叫苏三，和戏台上里那个蒙受冤难的苦命女子同名。一边给他缝针，一边迎对他火辣辣的目光，我想起了自己上次在竹器街的遭遇，感觉有些不自在，脸开始发烫。

缝针后，苏三每天都会来洗伤口，上药膏，换纱布。每次来，他只找我，偶尔我不在，他就老老实实地蹲在门边的角落里等，脸色蜡黄，远远地望去，像一张薄薄的纸。

苏三的伤口很奇怪，反反复复，两三个月了，一直不见愈合的迹象。每次换药，他像一个乖孩子，默不作声，目光

温暖一条叫温暖的狗

如一只蜜蜂,安静地追随着忙碌的我。

我对苏三已经喜欢上我或者爱上我是浑然不知的。我只是觉得他是个苦命的人儿,和戏台上的那个苏三一样值得同情和关怀。甚至,因为苏三学徒的身份,在我眼里,他还只是个大孩子。我承认自己对他的伤口悉心有加,我是受过新式西方医学培训的护士,这是我的职业。

那个黄昏,和以后很多个日子一样,不该来的时候却来了。

那个黄昏,白天的暑热未退,知了依然在窗外永不停歇地鸣唱,让人躁动不安。

同事们都已经下班了,空荡荡的医院只剩下我和苏三。我小心地揭开他伤口上的纱布,发现里面已经溃烂生蛆。我心疼不已,一边叮嘱他要多注意伤口卫生,一边为他细心地清洗伤口。就在我起身去拿药架上的药膏时,苏三突然一把从后面抱住了我,呼吸急促,将他瘦弱的身子紧紧地贴在我的后背上。

面对这突如其来的袭击,我当时吓懵了,差点尖叫起来。我第一次这样被异性热烈地抱住,第一次听到一个男人的心脏在我后背上剧烈的狂跳,不由一身汗涔涔的。在此之前,我和指腹为婚的表哥连手都没拉过。我止住内心的恐惧和惊悸,努力将自己平静下来。我知道不能去做无谓的反抗。我一动不动,把自己平静成一截冰冷的树桩,许久,我感到这种冰冷慢慢爬进了他的身体,他的手不再是那么强硬有力,而是耷拉松懈了下来。

我轻轻掰开他的手,转过身,对他妩媚一笑,冷冷地说：你也配？

他怔了一下，脸上变形地抽搐着，走了。

就当什么都没发生，还像以前一样，多用点心，争取早日把他的手臂治好——那晚，我不停地洗身子，一边洗一边泪流满面地咒骂苏三祖宗十八代，直到天亮，我才说服了自己。

可是，苏三再也没有来过。

杀 人

炮声震天，激战了一夜，双方死伤惨重。

凌晨，天色熹微，胜负的分界点，最后成了他和陈九的决斗。

不是你死，就是我亡。他骑着一匹黑色大马，从寒溪水开始败退，一条鞭子如暴雨一般落在马身上。

陈九骑着一匹枣红色的快马，挥舞着皮鞭，在后面紧追不舍。

其实，他完全可以立即结束这场战斗。他只需将马速放缓一下，拿出他的绝活儿，一枪足可以撂倒陈九。他的枪法百发百中，他自己是知道的。

杀还是不杀？他一边逃跑，一边问自己。这辈子，他杀人如麻，从不眨眼，内心却没像今天这样犹豫过。

他杀的第一个人是他养父，也是他师傅。

他在十岁那年，被贫苦的亲生父母卖给这个苏姓的竹器世家。从进苏家门那天开始,他就变得沉默寡言。他知道,这辈子理想没了,只能和竹器为生,安分守己地做一个靠手艺吃饭的匠人,在养父兼师傅的打骂声中忍气吞声地活着,像狗一样活着。

木棉花开的那个春天下午,他在竹器街遇见她,究竟是上天的安排还是命中的劫数?很长的时间里,他一直在苦苦追问自己。他竹篾匠的命运转折点,或者匪首的人生起跑线,就是开始于那个下午,开始于那个惠育医院的女护士。起初,她是大大方方地站在店门口,一双水灵灵的大眼睛望着自己,最后临别时含情脉脉地一笑。

从此,他疯了。

为了能天天见到她,厮守在她身旁,他用篾刀砍了自己的左手臂,然后每天深夜把伤口泡在凛冽的东江里,直到流脓生蛆。他知道,伤口一旦康愈,他就没有理由去找她了。

疗手伤的那段日子,是他一生最快乐的时光。

养父见他伤口迟迟未能痊愈,且花钱颇多,终于忍无可忍,把他赶了出去。其实赶走他倒无所谓,关键是他没有医药费,不能接近她。

于是,他把养父给杀了。第一次杀人,他很害怕,闭着眼睛,用篾刀狂剁熟睡中的养父,像剁大白菜一样。鲜血溅射出来,喷了他一脸。黑暗中,他的眼里射出两道寒光,冷冷地看着整个睡梦中的石龙城,就像不久后的那个夏日黄昏,她冷冷地看着他的自不量力。

我不配?谁配?

温暖一条叫温暖的狗

两年后,他成了东江流域令官民闻风丧胆的悍匪头子。他手下弟兄上千人,均荷枪实弹,全副武装。他的名字叫跛三,因为他的左手残废了。大家当面都毕恭毕敬叫他三爷。

他打家劫舍,敲诈勒索,杀人放火,无恶不作,却有两个规矩让手下弟兄颇为疑惑:一是从不娶压寨夫人,对女人历来是先奸后杀,无论容貌倾国倾城,均一概不留。二是从不进石龙城,最多是在东江水域上设卡收钱。

石龙城草木皆兵。一帮富得流油的商家未雨绸缪,自发成立了商军团,声势浩大,军纪严明。但在他眼里,那只是一盘随时可以用来佐酒的小菜。

养虎为患。他不去石龙城,商军团却自己找上门来。商军团成立十周年的那天,花巨资请来省城部队,海陆空联合围剿他的老巢。一夜鏖战过后,他的部下在飞机大炮的轰炸下,遭到了灭顶之灾的重创。

东方露出了鱼肚白。一黑一红两匹战马,宛若两道闪电,疾驰在东江堤上。

他望了一眼对岸的石龙城,凄楚地想,她现在安好?如果她知道大名鼎鼎的跛三竟然就是苏三时,她是高兴喜悦,还是道歉忏悔,或者依旧冷冷地拒绝他?

他恓惶地环视四周,东江水面上,血流成河,浮尸累累,空气中迷漫着浓浓的血腥味。远处,商军团在清理战场,几堆焚尸的大火越烧越旺,浓黑的烟柱,向天边的曙光滚滚而去。他心如刀绞,老泪纵横,嘴里喃喃自语:我确实不配,对吧?

161

马速缓了下来。他犹豫了一下，还是一马鞭狠狠地挥了下去。他知道，跑了大半宿，马已经尽力了，和他一样，年岁不饶人。唉，战火纷飞，枪林弹雨的事儿，那是年轻人的天下。他这把年纪，本应该坐在幕后运筹帷幄的。

他无论如何也没想到，陈九，身后这个要置他于死地的陈九，关键时刻背叛了他。他曾经对陈九宠爱有加，视为己出，按接班人的标准苦心培养。陈九是被他派人从石龙城陈家书院偷来的。纸包不住火，终于有一天，陈九知道了真相，知道了自己认贼作父。

他有生以来受到的最大的打击不是省城部队，不是海陆空联合的狂轰滥炸，而是陈九的背叛。望着陈九远去的背影，他似乎望见自己呼啸东江两岸二十多年的王朝已经分崩离析。而这次，围剿自己的商军团团长，正是调转枪口的陈九。他得知消息后，在黑暗里坐了一夜。一夜，可以使嫩枝抽芽，也可以使一个人彻底苍老。

马有些跑不动了。后面的陈九依然活蹦乱跳，死死地咬住自己不放，时不时地还追上几声冷枪。年轻，真好！他心中喟叹。

他知道自己随时都可以取陈九的性命，探囊取物一样简单。他把毕生的功夫都教给了他，但还是留了一手。杀还是不杀？他内心极度煎熬着。

突然，他一个马里藏镫，人挂在马腹下，隔着急速跑动的两条马后腿之间的空隙，一抬手，手里的枪便瞄准了身后已在射程之内的陈九。他似乎看见一颗子弹带着袅袅青烟，

温暖一条叫温暖的狗

缓缓地从陈九的头颅中间穿过,穿出一朵绚丽的木棉花。然后,陈九就像他养父那样,悄无声息地死在他面前。

这是他的绝活儿,从未失手过。

他暗骂:小子,是你自己逼人太甚,不要怪老子心狠手辣。你不死,我得亡!他的枪口,准确无误地瞄准了陈九的头颅。

在扣动扳机的那一刹那,他的枪口还是无力地垂了下来。唉!他对自己轻轻地摇了摇头。

战机,稍纵即逝。吓出一身冷汗的陈九,忙举枪射击。

马中弹倒下了。在马倒下的一瞬间,他就地十八滚,躲开了陈九雨点般的子弹,一纵身跳进了东江。

陈九对着江面疯狂地射击。射击了半天,陈九怔怔地望着湍急的江水,突然双膝一软,跪在江堤上,咧着嘴叫了一声"爹",掩面痛哭,如一泪人。

社会万花筒之中国微小说系列丛书

事 件

　　你母亲咽气时，天色已经暗了。昏暗的油灯下，满屋子悲恸的号啕声，随着穿堂而过的寒风，在城北陈家书院上空飘来荡去。几只乌鸦从夜色里飞出，低低盘旋了一番，最后栖落在门前光秃秃的树上，唤出几声凄厉的啼叫。

　　乌鸦的啼叫里，你止住眼泪，带着两名副官，快马扬鞭，过打铁场，石湾、福田，上了罗浮山。你来寻明慈和尚。明慈出家在罗浮山华严寺，身为和尚，却为岭南方圆数百里有名的碑刻高手。

　　在此之前，你已经派过两名副官上山，携厚礼求见。明慈闭门谢客，言出家人不问尘俗之事。

　　你心中暗笑，这和尚修炼来修炼去，屁本事没长一个，倒把架子修炼大了。你身为堂堂一个师长，只能屈尊造访了。其实你很不情愿去，但是你知道你该去了。

　　在华严寺门口，你顾不上山风寒冷，在夜色里脱去戎

温暖一条叫温暖的狗

装,换上了一身孝服。

你见到明慈时,他正在屋里打坐。黑暗里,枯寂如坟。

明慈往灯碗里续了些豆油。你分明看见他挑灯芯的手有些抖,抖了一阵,屋子里霎时亮堂。你没有说话,从怀里取出一卷条幅,徐徐展开,"陈母叶氏月蓉之墓",行笔遒劲,苍凉如月。明慈神色哗变,惊问,走了?

你郑重地点了点头。

明慈端坐在蒲团上,闭合眼睛,手捻佛珠,口里念念有词。一弯明月的清辉,顺着窗棂爬了进来,泼在屋子的角落里。

你默默地注视着他。你很想告诉他,你已经大有出息了,你如今是罗浮山驻防军师长,如果不是在你的地盘上,华严寺怎么可能接纳一个来历不明的和尚,更不可能诞生一位碑刻高手。

很长一段时间里,你一直在暗中关注他的碑刻作品。这一关注,便是十年。终于有一次,你在一幅作品前站了整整一天,从露水沾衣的清晨开始,你一动不动,直到夜鸟归林,你方喜笑颜开,大呼:三爷终于死了。那天,你喝了不少酒,喝得酩酊大醉,兴奋异常。现在,你只能垂立一旁,默默地注视着他。

良久,明慈徐徐睁开双眼,欣慰地说,令堂温婉娴雅,西去路上,有于右任先生的手书相伴,也算是一大福佑。

你赞道,大师好眼力,此乃于先生视察石龙时,家父特意讨取的。于先生还说让其手迹在碑石上存活者,天下无几人，首推大师您也。

明慈凄然一笑。

你从怀里掏出几锭金子，毕恭毕敬地搁在桌上，说，晚辈备下重金，恳请大师亲自执刀。

明慈摆了摆手，石头样沉默。他伫立窗前，遥望山下的石龙城，神情悲戚。那盏油灯在寒风里摇曳，火焰忽东忽西，明灭不定。

明慈转过身，缓缓道，老衲乃出家之人，要钱财有何用处？若请老衲镌刻此碑，你须应诺一件事——在令堂坟茔对面的蟾蜍岭，为老朽置一坟地，死后烦劳草葬。

蟾蜍岭？

对！京山村后之癞蛤蟆山。

你面呈难色，说，容晚辈回去禀告家父，明日回您话。

你出门不久，屋里的灯就灭了。一声叹息在屋里响起：她笑起来真好看。唉，可惜走了！那叹息，重重地，似地穴里轰鸣而出，在山坡上滚来滚去。

翌日，你如约登门回话，家父答应照办。

明慈诚惶诚恐，对你深鞠一躬，说，请转告令尊，老衲感激不尽。你三日后来取。

三日后，你再次登门，发现明慈形销骨立，发白如雪，溘然长逝。

院中躺有两块巨大的碑石，四尺高，一尺半宽，半尺厚，上等的罗纹石料。

一碑勒石而刻"陈母叶氏月蓉之墓"，八个大字，笔走龙蛇，字字皆活，刀法精、准、深、透、匀，不死板，不逾矩，极富神韵，如同于先生墨宝未干的一张宣纸，而非一块冰冷沉默的碑石。

另一碑，空无一字。

你对着那块无字碑一边磕头，一边对天嗟叹：爹，您还没死啊！

你没有食言，操办完你母亲的丧事后，开始厚葬明慈。

入土时，旁人提议请工匠在明慈的碑石上刻字，以资旌表。你连忙摆手，说，天下之大，无人敢于明慈的碑上刻字。无字碑，是他最高的荣誉，也是最好的墓志铭。

数年后，你父亲也走了，葬在你母亲墓旁。

隔着一条东江，三座坟墓郁郁苍苍，遥遥相望。

你也许不知道，六十年后，这里被开发商用来建别墅。开发商在报纸上刊登公告，明令迁墓。

迁墓的那天很隆重，你的子孙特意请来一辆货车。一行人把两块墓碑搬上车，浩浩荡荡，取道南岸大桥，行至京山蟾蜍岭脚下时，就听到山坡上一声巨响。那块无字碑轰然垮塌，断离的那一大截，沿着山坡呼啸而下，一直滚到车后才止住。

你的子孙下车看了看，对其他人说，这石头不错。来，帮帮手，我搬回去盖猪圈，正缺呢。

坐飞机

登机后，老布给棉棉发了一条短信：亲爱的，知道是什么礼物吗？使劲儿猜吧，哈！关闭手机，老布摸了摸包里最新款的iPhone6，嘴角露出了得意的微笑。

偌大的深圳，在脚底下急速地下坠，慢慢变小，越来越小，直至成了一个模糊的点，消失在视野里。

老布打了几个哈欠，有些困乏了。昨晚陪几个官员打麻将，输完钱后又吃宵夜，折腾到三点多才散场。为了搭这趟航班，早一点去安抚棉棉的小脾气，老布连衣服都没脱，靠在沙发上眯了一会儿，六点钟便匆匆往机场赶。岁月不饶人，五十好几了——老布心里哀叹了一声，很快在座位上昏昏沉沉地睡着了。

迷迷糊糊中，老布感觉有人在推他，睁开眼一看，是邻座。邻座是一个农村老太太，衣着朴素，头发灰白，一脸的皱纹，正笑眯眯地看着老布。老布嘟囔："啥事？"

温暖一条叫温暖的狗

"大兄弟,你去哪儿?"

"北京。"

"太巧了,俺也是去北京!"

"神经病。"老布心里嘀咕了一声,别过头,继续补自己的觉。老太太见老布不理会自己,毫不生气,回过头问后座:"你也去北京吗?"

"嗯。"后座是一位挺有素养的女士。

"你是北京人吗?"

"不是。"

"那你去北京干吗呢?"

女士不吱声。

老布睡了不一会儿,就被推醒了。他的耳畔,响起了老太太兴奋的声音:"大哥,饮料来了,喝可乐吧,可乐味儿足。"

"我不喝,你让我睡一会儿好吗?"

老布刚迷糊了一下,一只手在他肩上不停地推搡着:"快,来吃的了,来吃的了!"

这次,老布愠怒不已,挥了挥手,嚷道:"你帮我吃好了,我不吃。等一会儿发纪念品,也归你。"

老布肩上的那只手犹豫了一下,慢慢地软了下去。

冬天的阳光苍白无力。机翼闪着冰冷的银辉,如一只大鸟在云层里孤独地穿行。

这样折腾了几个回合,老布心烦意乱,睡意全跑了。老布蜷缩在座位上,望着舷窗外的云起烟涌,心中有些感伤:也许真的是老了,随便一个混沌觉,就可以打发自己。年轻真好，年轻时，可以连轴玩几个通宵，再睡个昏天暗地，雷公都打不醒。

一个硕大的布袋，一直堵在腿旁，碍手碍脚。邻座显然把它当宝贝了，时不时还瞅上几眼，生怕一不留神就不翼而飞。老布屈膝弯腿，忍让了半天，最后没好气地问道："你这里面不会是金银珠宝吧？"

老太太眉飞色舞："金银珠宝？比金银珠宝贵重多了，俺给你看看？"

"随你便。"

老太太弯腰打开布袋，笑吟吟地从里面捧出一大堆东西出来。老布眼前顿时一亮：纸飞机，原来是纸叠的飞机！一只只纸飞机，色彩斑斓，像一群充满生命力的蝴蝶，栖在老太太的掌心，仿佛随时要翩翩飞舞。

这些纸飞机精致完美，生机盎然，看得出制作者费了不少心思。老布心中怦然一动，问："大姐，谁叠的？"

老太太像个话匣子，一打开就收不住了："俺闺女。俺闺女在深圳打工，平日里一边攒钱，一边叠纸飞机，说叠好两百只，就可以请俺坐一趟飞机呢。唉，你说这孩子不是糟践钱吗？坐飞机这么金贵，却说什么不能白活一回……"

老布默默地听着，眼角湿润。他不完全是为老太太闺女的一片孝心所感染，而是想起了自己的往事——

那一年，他十八岁，在承德郊区插队。驻地附近，有一个军用机场，飞机天天像黄蜂一样飞来飞去。那时，他最大的快乐，就是和女友并肩坐在草坡上看飞机从头顶掠过。他当时有一个梦想,就是要让喜欢叠纸飞机的女友有生之年坐一回飞机……

那个梦想,随着时间的流逝,早已灰飞烟灭。而飞机,作为一种交通工具,对老布来说已经和公交车一样平常无奇。如果不是眼前这些纸飞机,估计他到临终也想不起那些泛黄的岁月,远去的人与事。

老布对老太太由衷地赞道:"这么好的闺女,您真有福气!对了,这些纸飞机,您可以卖给我,我出高价。"

老太太撅嘴说:"不卖!给多少钱都不卖!俺闺女专门送给俺的,怎么能随便卖呢。"

老布默然,不敢言语。

飞机平稳地降落在首都机场。下了飞机,老太太有些不高兴了。她一把拉住老布,气咻咻地说:"他们不厚道,没给俺发纪念品。"

老布顿时醒悟过来。

老布从包里掏出那个最新款的iPhone6,递给了老太太。

苦雪烹茶

罗山山里有一庙，庙里有一老和尚。老和尚不喜念经拜佛，每天吃饱喝足，躺在庙门口的草地上晒太阳，观山间云生雾起。

岁末，天寒地冻，天阴阴沉沉的，像是要下雪了，老和尚正坐在寺庙内烤火。这时，推门进来一个不速之客，是个年轻人。年轻人背着大包小包，逃难一样。

你想出家？老和尚烤着火，平静地问年轻人。这会儿，窗外的雪密密匝匝地下了起来。

年轻人也围坐在火炉旁，搓着两只冻得通红的手，认真地点了点头。

何故？

年轻人脸上抽搐着，痛苦地说，我觉得活着没啥意思，我女朋友跟了别人，她嫌我家里穷，嫌我父母下岗。可是，我真的很爱她！

温暖一条叫温暖的狗

还有吗？

有，多呢！我写的文章倍儿棒，可是编辑就是不搭理我。这年头，你想发表作品，得帮他们拉广告。我单位的领导，经常给我穿小鞋，事事刁难我。我父母……

老和尚摆手打断年轻人的话，认真查看了年轻人带来的行李。老和尚问，你带篮球来做什么？

年轻人以为老和尚喜欢篮球，眼里亮了一下，说，我怕山上没啥事干，我们可以一起玩玩篮球打发时间。

老和尚苦笑。

老和尚去厨房寻了把菜刀，递给年轻人，严肃地说，本庙有一规矩，只收哑巴，你想入佛门，得割掉舌头，了断人间是非！

割舌头？什么破规矩，太恐怖了！太残忍了！会流很多血的，会很痛的，说不定还会死的！年轻人握着菜刀，头上直冒冷汗，感觉舌头上凉嗖嗖的，如同有锋利的刀刃在慢慢滑过。

年轻人呆若木鸡。

老和尚摇了摇头，轻轻卸下年轻人手里的菜刀，双手合十道，阿弥陀佛，像你这样尘缘未了的迷路者，我已经接待过16位，施主你是第17位。年轻人满脸羞愧，搓着两只手，不敢吱声。

老和尚望了望窗外。窗外，漫天的大雪，鹅毛般在飘。老和尚一施礼，说，小施主，你稍坐片刻，我去去就来。

老和尚回来的时候，一身洁白，右手提着半桶白如梅的

173

雪，左手折了几枝白如雪的梅。

老和尚掸去身上的雪，端出一个瓦罐坐在火炉上，从桶里挖了些雪倒了进去。瓦罐无盖，残了一只耳朵。

雪，在瓦罐里渐渐融化，化成泉水的幽冽，缓缓呜咽开来，热气升腾，舞姿婀娜。

老和尚盛了一碗烧开的雪水递给年轻人。年轻人接过碗，嘴伸了过去——烫！

稍安毋躁，小施主你性子太急，不可取。

稍凉，年轻人再喝。老和尚问，何味？

无味。

再品。

年轻人嘴里咂巴了一会儿，说，有点苦，一点点。

善哉！苦而苦，发乎于情，出世入世，常修菩提心。老和尚继续说，煮茶，上等水为山泉水，其次是江河水，再次是井水，最次是雪融水。雪融水乃天赐之水，淡而无味，兼苦，如尘世如俗人……

老和尚的话，让年轻人的心绪渐渐宁静。

老和尚又在瓦罐里添了些茶叶。沸腾间，茶叶在水里恣意行走，舒展开自己慵懒的身体，禅境悠远。

老和尚递过一碗茶，年轻人抿了一口。

如何？无味？

清甜，怡人可口！年轻人孩子般地笑了。

香吗？

年轻人思考了一下，肯定地说，不香！

温暖一条叫温暖的狗

老和尚折下几朵梅花,搁入瓦罐,用木勺小心地搅动了几下,又盛了一碗给年轻人。梅花在碗里怒放,一股淡雅的清香氤氲开来,花房般温暖。

年轻人笑着说,不用品了,没喝就香满屋了。

其实最好的茶水非山泉水,而是寒梅之苦雪。为何?你是读书识字之人,应该明白这里面的道理。

年轻人遥看窗外。窗外,白茫茫一片,童话世界。

三天后,年轻人下山了。

数　楼

近两年楼市跑火,买楼像买大白菜一样热闹。这可把马胡子他们乐坏了。楼盘好卖,就意味着活儿多,意味着不会拖欠工钱。

很少像今天这样清闲,因为停电,大家下午美美地睡了一觉,到了晚上,电还是没来。一群汉子坐在钢筋堆上,就着月色喝啤酒,抽烟,聊天。

聊天自然是聊老家,东家长西家短。聊完老家,便聊城里。聊城里的娘们越穿越低,低得都看见大腿了。聊城里的爷们越来越不像爷们,走个半里路,就喘得像驴一样。聊完城里,三五瓶啤酒也喝完了,便无话。大家却毫无睡意。赵小三对马胡子说:"叔,要不你给我们讲个故事吧。"

"对,马胡子,你给我们讲个故事吧。"旁人跟着起哄。

马胡子举起啤酒瓶,咕咚两口,伸手抹了抹胡子上沾的酒液,笑眯眯地说:"好,那我就给大家来一段——

温暖一条叫温暖的狗

有一位农民老大爷在城里搞建筑,当然不是我们浇楼面的。一天晚上收工后,他想出去看看新鲜。七拐八拐,来到一幢摩天大楼下。他在心里感叹,我的乖乖,这楼真气派,我得数数有多少层,回去好跟村里人说说。

这位农民老大爷正数着呢,来了一个保安。保安问,你数什么?老大爷答道,我数一数这楼有多少层。保安说,哎哟,这城里可不像你们乡下。随便数人家楼房要罚款的。你数了多少层?老大爷支支吾吾,我……我数了18层。保安凶神恶煞地说,数1层罚10块,你数了18层,就得罚180块。你是罚款啊,还是跟我上派出所?老大爷傻眼了,颤巍巍地从口袋里摸出100块钱,说,这是下班前工头发的伙食费,就这么多。保安呵斥道,以后老实点,这次就算放你一马。

保安走远后,农民老大爷扑哧一声笑了,低声嘀咕道:"切,城里人真傻。其实我数了23层,少报了5层。这家伙更傻,也不知道搜搜我身上,我口袋里还有100块钱呢。"

马胡子很会讲故事,中间的对白,尤其那个农民老大爷的话,被他用方言模仿得惟妙惟肖,让人忍俊不禁。但是,没有一个人笑。大家低着头抽烟喝啤酒。

突然,马胡子听见窸窸窣窣的啜泣声,仔细一瞅,赵小三的眼泪像河水一样在月光下流淌。马胡子有些紧张了,忙问:"三,你咋啦?"

赵小三抹了抹眼泪,强挤出一丝苦笑,说:"叔,这个不怪你。你不知道,这个故事我听了很多次,每次都忍不住想哭。"

177

"为啥？"

"那个农民老大爷，其实就是我父亲。他曾经因为数楼，被一个保安敲诈过100块钱。"

马胡子大吃一惊，又问："那他老人家现在可安好？"

赵小三点燃一支烟，吸了几口，望着月亮发呆，半天，幽幽地说："他一大把年纪，还在工地上流血流汗。上个月，不小心从脚手架上摔了下来，走了。"

大家谁也不说话了。纱一般轻柔的月光下，一群汉子闷着头，抽烟的抽烟，喝酒的喝酒，偶尔，抬头望几眼四周。

这是一个位于郊区的楼盘，一边是凌乱的建筑工地，一边却迫不及待地住进了一些人家。一幢幢高大的楼宇，仿佛被撒上了一层银粉，将月亮簇拥在怀里。万家窗口，星星点点的烛光，萤火虫般闪着，成了无数个小格子，梯田一般蔚为壮观。

马胡子泪光闪动，说："你知道他老人家为什么要去数楼吗？"

赵小三说："他想他儿子在城里有一个家。他想想象一下他儿子住多高，住哪一格子。"

大家又沉默了。

许久，有人说："我想住28楼。要不，我们数一数，看在哪儿。"

又有人忍不住笑了："你就不怕保安罚我们款？28楼可得罚280块钱呢。"

"怕什么，哪个保安不是农村娃？若是真来了，把他揍

温暖一条叫温暖的狗

趴在地上喊爷爷！"话音一落，大家都笑了，赵小三也忍不住笑了。马胡子霍地站起来，说："好，那我们数一数，开始——1，2，3，4，5……18，19……"

一群汉子整整齐齐，小山一样站在钢筋堆上。他们一边用手指点着，一边目光痴痴地往上爬，声如春雷。他们的声音，在月下，在楼宇间，久久回荡。

有人提醒道："不对，数错了，不是24层，是23层，刚才数快了一下。"

"那就重新来一遍。"

"1，2，3，4，5……18，19……"

这时，从对面8楼探出来一个脑袋，一个女人怒气冲冲地骂道："臭打工的，发什么神经，半夜里瞎嚷嚷，还让不让人睡！"

马胡子一听，就火了，回骂道："我们是臭打工的，你以为你买了个房，就有什么了不起呀。"

"对！骂她。"

那女人一看这阵势，惊得赶紧关了窗户，退了回去。

"怕什么，继续数。1，2，3，4，5……18，19……"

没过多久，远远地驶过来一辆小车。车顶上，警灯一晃一晃，红蓝两色旋个不停……

厨　娘

厨娘，丈夫早逝，夏阳村一寡妇。厨娘膝下无子，和女儿春红、秋红在荣塘街上开了家餐馆"厨娘饭店"，谋生立业。

厨娘饭店有一道神神秘秘的招牌菜——黄牙头啤酒烧豆腐。

此菜颇为讲究。鱼为夏阳河里野生的黄牙头，"南昌"牌啤酒，加上茶口村的豆腐和夏阳冈上的新鲜泉水，四者缺一不可。这道半汤中辣菜佐饭下酒皆宜。黄牙头酥香鲜嫩，豆腐爽口滑喉，汤汁乳白清甜，加上醇厚的辣味，让食者大汗淋漓，浑身舒泰，过后回味悠长，口齿留香。

厨娘饭店天天爆满，全镇的政府接待、红白喜事、亲友聚餐、寿宴诞席和商贾往来，均首选厨娘饭店。进门者，必点招牌菜，再添几道小菜，酌几两谷烧酒，一顿饭吃得有滋有味。

黄牙头啤酒烧豆腐,厨娘的独门武器。

黄牙头、啤酒和豆腐有专门的供应商。水则请一老汉驾一牛车往返夏阳冈,一天两趟,风雨无阻。厨娘单独设了个小厨房,亲力亲为,不允许任何人接近,包括女儿春红和秋红。她让春红掌勺大厨房,秋红带领三个女招待,负责招徕顾客。厨娘只做招牌菜。

同行不服气,偷偷采购这些原料,试做过多次,却是一种苦涩的怪味。

几年下来,厨娘独霸市场,成了当地屈指可数的大富人家。

再富有,人也终将难逃一死。

临死前,厨娘召集女儿们商量后事。所谓商量后事,其实是分割财产。

厨娘提出一个继承招牌菜,一个继承厨娘饭店和所有的家产。厨娘的话音刚落,秋红伶牙俐齿:"招牌菜,我让给姐,我不懂烧菜。"

厨娘冷冷地看了一眼秋红,一锤定音:"好吧!就这样分。"

春红憨厚老实,不善言辞。春红明白妹妹抢了大头,委屈得泪水涟涟。

厨娘单独留下春红,说:"崽啊,钱没有用,关键要会赚。有门手艺,比什么都强!"

春红含着泪点头称是。

"秋红这几年管着营业,贪了不少钱,这瞒不住我。她喜欢钱,给她好了。没了招牌菜,没了活水来,那点钱,也是坐吃山空。"厨娘继续劝道,"老实人不会吃亏!你有一技之长,怕什么?我不会把招牌菜给秋红,她太贪,会把招牌菜做滥,砸我牌子。"春红止住泪说:"我懂了!"

"我现在教你招牌菜。我之所以神神秘秘,一是保住我们饭店的竞争力,二是怕我死后你们姐妹为分家打得头破血流,丢我的脸。"

"你先把豆腐红烧,洗锅后放油小火煎香黄牙头,再加入一瓶啤酒,烧滚后,直接浇在豆腐上面,加入剁椒,撒上葱花就行了。"

春红努力地记着。她突然发现疑问:"怎么汤里不加水?"

厨娘微笑:"秘诀就是只加啤酒不加水,一加水就苦!"

"啊?"春红睁大了眼睛,"那你用夏阳冈的泉水做什么?"

"用来洗鱼,当自来水用,用不完就倒掉。"春红惊呆了。

"指定用夏阳冈的泉水,是为了迷惑同行!"春红委屈地问:"你的招牌菜就这么简单?"

"是!神仙味道都是简单的做法。厨娘饭店生意这么好,靠的不是招牌菜,而是招牌菜的障眼法。招牌菜的秘诀不在菜里,在菜外!"

"荣塘这里太偏,你去拖船埠开一家。我在国道边帮你找好了地方,那里离丰城、樟树近,客多。"春红终于明白了,感激地抱住自己娘放声痛哭。

半个月后,厨娘溘然而逝,姐妹分家。

表面捡了天大便宜的秋红,没了招牌菜,生意日渐清冷,勉强撑了半年,就把厨娘饭店关了。钱是有,但用一张少一张,过一天短一天。

位于拖船中学门口、105国道旁的春红饭店,一道神秘的黄牙头啤酒烧豆腐,让饕餮之徒云集,生意如日中天。

一个可怜的壮汉,骑着摩托车,风里来雨里去,从拖船埠到夏阳岗,往返30公里,每天三趟,常年不懈。壮汉每次搬运着泉水,小心翼翼,生怕洒出一滴……

社会万花筒之中国微小说系列丛书

故事里的事

有一天，朋友乔迁新居，他去帮忙。他穿得比较破，因为干的是粗活儿重活儿，回来时灰头灰脸，衣服上满是土。

他站在街边，向过往的出租车频频招手。每一辆车打他面前经过，先是减速，司机探出车窗瞥了他一眼，赶紧一踩油门跑了。他像个稻草人一样站了很久，最后耐不住，上了公交车。

我现在要讲的这个故事，就是发生在公交车上。故事完全属于虚构，你非要对号入座，我也没有办法。为了方便讲述，我还是继续用"他"作为主人公——

他上车没多久，一个胖胖的女售票员瞟了他几眼，急呼呼地嚷道，买票，买票，上车的同志请买票。说实话，他真没有听见，扛了一天的沙发冰箱，累得七倒八歪，眼冒金星。售票员喊了两遍，见他没反应，气咻咻地走到他跟前，提醒道，说你呢，耳朵聋了？他迷迷糊糊地站起来，问胖女

温暖一条叫温暖的狗

售票员,你找我?胖女售票员说,瞧瞧,第一次进城吧?买票啦。他恍然大悟,掏出钱来,嘴里忙不迭地道歉。乘客们一脸鄙夷。

车上人不多,刚好满座。到了下一站,上来一个更胖的老太太。老太太逡巡了一番,径直走到他身边,用手指捅了捅他的胳膊,示意他让开。如果搁在平时,他真没有异议,但今天确实太累了,还有好几站路呢。他环视了一圈车内,到处是活蹦乱跳的年轻人,但他还是站起来了。老太太毫不客气地坐下,连一声谢谢都没有,仿佛这座位天生就是她的。

下车后,他心情很不好,在离家不远的路上,一不小心碰到了一个人。还没等开口道歉,对方已经气势汹汹地吼道:瞎了你的狗眼!紧接着,对方撸起袖子要揍他。他连话都不敢说,赶紧溜了。

很显然,因为他今天穿得不太体面,从售票员到乘客再到路人,都把他当农民工或者社会闲杂人员看待。这身穿着,走路应该像贼一样,贴着墙根猫着腰屏声敛息,坐车应该低眉顺眼,心怀感恩地给每一个人主动让座。在大家眼里,这个城市本来就不属于他的。他回到家,越想越窝火,越想越生气。

故事就此打住,好像不能算是一篇小说,充其量只是揭示了一个人人皆知的社会现象。所以,我还得编下去——

第二天,他弄了一辆三轮车,带着一个蜂窝煤炉子,出去卖包子。他专门蹲在他昨天下车的地方。他的早点,只卖给那条公交线路的乘客,还有走路趾高气扬的城里人。蹲了三天,那个胖女售票员像鱼一样向他游来了。他抑制住内心的狂喜,用便宜到让人匪夷所思的价钱,卖给了她一大兜包子。望着胖女售票员远去的背影,他得意地笑了。他在每一个包子里,都吐了一口浓痰。

事情当然不是这样的。我这样编故事,很不道德,有拿农民工开涮之嫌。他连帮人家搬一次家都累得不成人形,天生富贵命,怎么可能会去卖包子?

但是,他确实憋着一口气。他是个城里人,尽管不是特别有钱,但有一份体面的工作,生活得有滋有味。第二天,他精心打扮了一下自己,西装革履,金边眼镜,手里夹着一个昂贵的皮包,还喷了进口的香水。他特意去坐那趟公交车。坐了三个来回,终于遇到了那个胖女售票员。让他失落的是,胖女售票员根本没有认出他来,只是脸上堆着笑,提醒别人给他让座。几个人立马站了起来,瞬间,他成了老弱病残孕。他感觉特没劲,赶紧下车溜了。下车后,他才意识到自己刚才忘了买票呢。

事情当然也不是这样的,我还是在编故事,他应该不会这么无聊的。当然,为了鞭笞所谓的人性,我还可以继续编下去,编得更有趣些。比如他下车后,心情低落,一不小心碰到一个壮汉,甚至就是昨天所碰到的那个人,还没等他开口,对方就开始道歉了。他嘴里骂骂咧咧,扬手要打人,对方吓得脸色煞白。

这样小儿科的重复回环,你不觉得很不真实吗?其实,我貌似还有一个结尾——

温暖一条叫温暖的狗

　　他作为一个集团公司的老总，在这件事上深受启发，召集各个部门开会，商讨如何善待农民工。有人认为当务之急的是改善就业环境，大幅度提高薪资。有人提出建几栋廉租楼，让他们有一个家，少一些漂泊感。有人建议盖一所学校，孩子的教育问题解决了，他们的心就安稳了。他一一点头同意，立马拍板划拨资金，安排专人负责去落实。

　　讲到这里，你肯定要质问，一个集团公司的老总，日理万机，怎么可能去帮人家搬家，然后站在马路上打的或者挤公交车呢？唉，我说过，这个故事一开始就是虚构的，是假的，为什么不能一路假到底，让生活充满一些阳光呢？

　　事实上，他就是一普通市民，心里愤愤不平地回到家，洗了个热水澡，换上干净衣服，心情又好了。以后，每次见到外来工，他有时也会斜眼而视，抱着戒备的心理躲得远远的。这是事实，你真不能说我在编故事。

温暖一条叫温暖的狗

医生看了看X光片，口气肯定地说，骨折，第二关节上方1厘米处骨折。

小美的心骤然紧了一下，脸上抽搐着问，那怎么办？

接骨，上夹板。

钱多少都不是问题，我不想让温暖遭太多罪！您行行好，有没有其他办法？小美对医生哀求着。

医生双手一摊，抱歉地说，没有，就是接骨后也有可能会瘸腿。

温暖真可怜，都是妈妈不好！小美抚摸着温暖的头喃喃自语，泪水在眼眶里直打转。小美吩咐同来的未婚夫，你帮一下医生的手，我实在是不忍心看。还没等未婚夫同意，小美双手捂着脸跑出医院，身后传来温暖呜呜不止的惨叫，小美哇地一声哭开了。

必须交代一下，温暖是一条小狗，小美心爱的狗。小美

温暖一条叫温暖的狗

以前不太喜欢猫啊狗啊这类宠物，觉得养起来很费时间和精力，她连自己都照顾不来，哪有这份闲心。

年前的一个深夜，小美在酒吧里疯完后，回家的路上遇到一条流浪狗。这狗蜷缩在路灯下，小小的身体在刺骨的寒风里瑟瑟发抖，呜呜地哀鸣着。正在失恋的小美觉得这狗很可怜，像自己。小美把它抱在怀里暖了一会，拍拍它的头说，小乖乖，回家去吧，再见。可是，这狗不走，不但不走，还紧紧地跟着小美。跟了好一段路，小美的心彻底软了，一把抱起它，像抱自己，抱回了家。

小美给它取了个名字——温暖。小美的解释是相遇在最寒冷的深夜，它的名字应该叫温暖。温暖的到来，让小美孤单的生活开始充满欢声笑语。温暖极通人性。小美上班了，它安安静静地待在家里，自己吃自己睡自己爬到马桶上撒尿。小美下班了，温暖满地乱蹿，给她叼拖鞋找遥控器，变着法子逗她开心……

小美对她的闺中密友自诩是温暖的妈妈，而温暖则是她家飞扬跋扈的小公主。

小美谈了一个男朋友，对方不喜欢养狗，结果很快就吹了。再后来，小美谈男朋友第一句话就是问对方喜不喜欢温暖，不喜欢就不要浪费时间。小美现在这个男朋友已经升级成未婚夫了，准备下个礼拜去海边拍婚纱照时也带上温暖，因为他们是"三口之家"。

偏偏在这节骨眼上，顽皮的温暖爬上书架摔了下来，摔伤了左前腿，这让小美坐在医院门口的台阶上暗自垂泪。

社会万花筒之中国微小说系列丛书

  天有些冷，冬日下午的阳光很阴郁。阳光透过两幢高大的建筑物之间的缝隙，折射在小美的身上，如一束光柱，窄窄地，一米来宽。小美坐在阳光里，抱着双膝埋着头，一个劲儿地埋怨自己平日对温暖太放任自流了，以致酿成今天的大祸。

  一个老人拄着竹竿走了过来。老人是要饭的，衣衫褴褛，一脸愁容，手里端着一个碗，碗里放着几张五毛一块的纸币和一些硬币。老人看见了小美。老人步履蹒跚地上了台阶，站在小美面前，无声地举了举碗，碗里的硬币咣当作响。

  小美抬起头，泪眼迷茫地望了一眼老人，又把头埋下了。

  老人没有言语，等了一会，见小美没有动静，便沿着那一米阳光铺成的路，一步一个台阶，在一根竹竿的帮助下颤颤巍巍地下去了。老人站在马路的人行道上，举目望了望左右，迟疑了一会，继续沿街乞讨下去。

  老人走出阳光，走进了巨大的建筑物的阴影里。小美的心突然动了一下，抬起头朝着老人大声"哎"了一句，老人似乎没有听见，依然拄着竹竿向前走。

  小美摸了摸兜里，掏出了一张五元的纸币，小美起身想去追老人。

  这时，有人在身后拍了拍小美的肩，调皮地喝道，嗨！小美回头见是未婚夫抱着温暖，气得擂了他一拳，吓死我了——哦，温暖怎么样了？

  应该没多大问题，医生说半个月后就可以拆夹板。

  那就好！温暖疼吗？来，妈妈抱抱。小美下意识地把钱揣进兜里，双手接过温暖，在它脸上热吻起来。

空白格

我的写作,是从高中开始的。

那是一所省重点中学,位于县城。学校周边,有成片成片的养猪场,再往外,是青翠的稻田。一群卑微的乡村孩子,衣不蔽体食不果腹,于赣江边低矮的平房里,发出琅琅书声。

我是个学生,却不读书,独自租住在校外的养猪场里,每天伴随着公猪饥饿的叫声以及母猪发情的哼唧声,静静地写自己的文字。我的课桌上永远是一层灰,上课时间比校长还少。为此,校长专门找过我一次。校长是个老太太,语重心长,谈了半天,不得不威胁我说,就凭你旷课这一条,我就可以开除你。

我淡然一笑,说,一个两千名学生的学校,又不少一个死读书的,但肯定少一个写作的夏阳,对吧?未来载入校史的,不是密密麻麻的本科生专科生,而是我这样空前绝后的作家。您应该为此感到骄傲！

老太太扶了扶老花镜，像个老中医审视了我半天，摇摇头走了。走前，还像玛雅人预测世界末日一样不死心地说，不听我劝，你会后悔的。

我不明白我会后悔什么。她就是真把我开除了，我也无所谓。学校对于我存在的意义，除了解决三餐，就是一个收发地址。每天，有上百封来自全国各地的读者来信，雪片一样涌向学校。学校传达室的墙上，一般都是一个班一个信袋，一个老师一个信袋，唯独我这样一个学生，却霸占着两个信袋。传达室的老头在收了我一条烟后，对有异议的老师回答道，人家信件多，我有什么办法？

除了信件，我还时不时地收到不少汇款单。仅高二上个学期，稿费和征文奖金加起来就有近两千元。这是什么概念？那时，一个学期的学杂费才87元，街上的大米五毛钱一斤，一个正规的乡镇干部月薪还不到两百块钱。站在一群面黄肌瘦的穷学生里面，我衣冠楚楚，简直是鹤立鸡群，独孤求败。

不少女生私下塞情书给我，包括老太太的女儿。

老太太的女儿是隔壁班上的班花，一直自我感觉良好。她又矮又白又胖，喜欢穿一条白色的连衣裙，远远看去，像一团棉花，更像一个营养良好的蚕茧。她在信里探讨人生，畅谈理想，甚至连未来小孩的名字都展望好了，可谓深谋远虑。我看后，付之一笑，正准备像往常一样付之一炬时，突然想起了上次老太太谈话临走前鄙夷的神情。我决定报复。

温暖一条叫温暖的狗

我不声不吭，将这封信贴在本班后面墙壁的黑板报上。虽然不一会儿，信就被人撕走了，但还是让半个学校的师生兴奋异常。蚕茧被老太太狠狠地揍了一顿，从此把头埋在书本里像只自卑的丑小鸭。而此时，我恰好一连获了两个全国大奖，在全市乃至全省声名鹊起。这让我愈发显得孤独，准确地说，是孤傲。我像一只孤傲的公鸡，高昂着头，面对各种惊羡赞叹的目光，去参加各种笔会和颁奖活动。

曹颖的出现，使我明白了一个道理，其实我不拒绝爱情，包括早恋，只是没有合适者罢了。

曹颖是高三上个学期转学来的，标准的城市女孩，喜欢穿一条产自北京的风衣，来去衣袂飘飘，像个女侠。那时，还没有校服这个概念，绝大部分学生都是破衣烂衫，补丁挨补丁。所以，尽管曹颖长相不是很出众，但那件产自北京的风衣，依然让一群情窦初开的乡村孩子魂不守舍，集体失眠。

毫无疑问，我们走到了一起。

起初，是悄悄幽会。我带曹颖到我的住处。她捂着鼻子，指着墙上的大字好奇地问，为什么叫香居呀？我深沉地说，因为臭在表面，而香则在心里。她琢磨了一会儿，崇拜地望着我。我大胆地拉起她的手，贴在我的心口，表白道，你就是我的香，永远，就在这里面。曹颖感动得泪光闪闪。

后来，我们发展到公然坐在赣江堤上肩并肩看夕阳西下，听渔舟唱晚，将一段黄昏坐成全校的谈资。老太太怒不可遏，再一次光临我的香居。老太太还是语重心长了半天，和她女儿一样，对我探讨人生，畅谈理想，展望未来。这一次，轮到我像个老中医一样对她审视了半天，摇摇头说，你不就是在替你女儿妒忌曹颖吗？老太太瞠目结舌地望着我，一跺脚，扭头走了，跌跌撞撞，像遭了枪击一般。

老太太落荒而逃后，我更加肆无忌惮了……

高考前，曹颖的肚子日渐隆起。750分的总分，她考了380分，我考了305分。我父亲大发雷霆地骂道，除了你拿手的作文外，别说我这个小学毕业生，就是一头猪，只要知道ABCD，瞎猫撞死老鼠，都不止考这个分。我撇撇嘴，说，你别着急，凭我的写作成绩，我可以去读大学的。你等着瞧好了。

我在省城找到作协主席，信心百倍地说，省里面我就喜欢两所大学，一个是江西师大，一个是南昌大学，我对比了一下，还是觉得南昌大学要好一些。

主席连眼皮都没抬，指着我那半麻袋发表和获奖的作品，懒洋洋地说，先拿回去吧，这些，不值钱的。说完，起身去开会，算是把我打发了。

我沮丧地回到养猪场，曹颖哭着嗓子问，怎么办啊？孩子都五个月了呀。我泪流满面，半天，咬着牙说，生下来，实在不行，我们就先养猪吧。养猪？你行吗？怎么不行，天天和猪打交道，不会养猪，还没见过猪跑啊？

其实，从一开始剥掉曹颖的风衣，我就后悔了。那一瞬间，我陡然明白，自己只是爱一件产自北京的风衣，而她，也许爱的是一个少年男人伪装出来的孤傲与深沉吧。

温暖一条叫温暖的狗

　　同学们纷纷去大学报到的九月,我和曹颖结婚了。结婚后,我们的对话越来越少,大部分时间是她说,我在自己的天空里游走。

　　有一晚,大汗淋漓后,她偎依在我的怀里,摩挲着我胸膛上壮实的肌肉,一脸的幸福。我半躺在床上,默默地吸烟。窗外,群猪亢奋,黑夜漫长。

　　猪饲料又涨价了。

　　哦。

　　你在想什么?

　　哦。

　　你爱过我吗?

　　哦。

父与子

事情的发生有些偶然。

他陪妻儿去逛商场,在化妆品区,盯着人家年轻漂亮的女售货员,痴痴地看。女售货员莞尔一笑,问他:"先生,您需要点什么?"

他有些慌乱,随手往货架上指了指,搭讪道:"这个,怎么卖?"

"您问的是面膜吧,现在打特价,五块钱一片,润白养颜,效果可好了。"

他本是随意问问,和人家腻歪一下,没真心想买。这时,他妻子从一边过来了,女售货员逗着坐在手推车里的孩子,由衷地夸道:"小宝宝是你的吧?真可爱!"

他脸上乐开了花,像他一岁半的儿子一样咧着嘴傻笑。他说:"那个啥,面膜,给我来五片。"

妻子冷着脸说:"什么意思,嫌弃我了?"他忙解释,

温暖一条叫温暖的狗

解释半天,越说越乱。最后,他一跺脚,咬牙切齿地说:"我自己用,满意了吧?你整天嫌我脸黑,我这次整个小白脸给你瞧瞧。"

这事儿很快就过去了。几天后的一个晚上,他在书房里坐下,刚刚打开电脑,却鬼使神差地惦记起了那几片面膜。他缩在房门口朝外面瞄了瞄,关上门,打开面膜,对着说明书照虎画猫,捯饬半天,才熨帖地敷在了脸上。脸上一片沁凉。他揽镜自照,觉得挺好玩的。

这时,他听见妻子在外面唤他的名字,叫他给餐厅的饮水机换一桶水。他犹豫了一下,想起上次为面膜拌嘴的事儿,便有些赌气,直接走出了书房。客厅里,儿子正坐在沙发上看电视,瞧见他这般瘆人的模样,吓得立即捂着小脸儿。他根本没注意到这一切,依旧昂首挺胸,春风满面地步入餐厅,妻子正在厨房里洗碗,一转身,瞅见他脸上的面膜,扑哧一声,笑了。妻子的笑,让他有些得意忘形。他换完水,经过客厅时见儿子调皮的神情,觉得应该逗逗他。他悄悄走到儿子跟前,忽地移开他的小手,呲牙嚷道:"嘿,老爸帅不帅?"

儿子呆呆地看着他,双眼发直,像遭了电击一般僵在那里,好一会儿,哇的一声哭了。他感觉不对劲,忙摘下面膜,伸手去抱儿子。儿子死命地挣扎,哭得更欢了。妻子明白了是怎么回事,奔了过来,一把推开他,将儿子揽在怀里,嘴里不停嗯嗯地哄。儿子浑身瑟瑟发抖,小脸儿涨得通红,双眼像雏鸟一样惊恐地看着他。妻子惊慌失措,一边嘤嘤地哭,一边狠狠地踹了他一脚，气急败坏地说："姓夏的，我告诉你，儿子要是有个三长两短，我饶不了你。滚！"

他快快地回到书房，坐在电脑前发怔，为自己刚才的行为感到非常懊悔。一个多小时后，他蹑手蹑脚地走进卧室，发现儿子似乎有些发烧，呼呼地喘着粗气，任凭妻子怎么哄，就是不肯合眼。妻子对他摆了摆手，低声吩咐："你今晚睡客厅吧。"他小心地问："要不要上医院？"妻子乌着脸说："应该是吓到了，先看看再说，你别添乱了，出去吧。"

他和衣躺在客厅的沙发上，辗转反侧，无法入睡。一想到儿子惶恐不安的眼神，他就恨不能抽自己俩耳光。我究竟是怎么啦？一个大老爷们，干什么不好，偏偏学小娘们敷面膜。如果儿子被惊吓过度，被吓傻了，成了傻子，那将是天大的笑话。

黑暗中，他坐立不安。忍了半天，他还是猫着腰溜进了卧室。妻子困乏地斜倚在床头打盹，她怀里的儿子眯缝着眼睛，在梦里依然窸窸窣窣地抽噎着，时不时地一惊一乍。他心疼不已，泪水无声地涌了出来。他无法想象儿子真有个三长两短，以后的日子还怎么过。都怪自己风流成性，那天付钱时，趁妻子没注意，在女售货员白嫩的手上偷偷地捏了一把，现在想来真是缺德！天啦，这不会是报应吧？他越想越害怕，后脊梁骨上凉飕飕的。

烟，一支接一支，在嘴边明明灭灭。

凌晨时分，他惊惶到了极点，像一条疯狗在客厅里不停地转圈。转到最后，他拨通了乡下老家的电话。七十公里开

温暖一条叫温暖的狗

外,父亲在电话另一端费了不少劲,总算弄明白了什么是面膜。这次,父亲意外地没有恼怒,而是平静地安慰他,说孩子惊吓一下,不要紧的,怎么可能会成傻子呢?你小时候不也被我吓唬多次,不照样挺好的吗?

放下电话,他心里踏实了许多,倒在沙发上很快沉沉睡去。

第二天早早地,他去看儿子。儿子醒了,笑眯眯地看着他。他不放心,问儿子:"老爸在哪里?"儿子指了指他。"妈咪在哪里?"儿子指了指妻子。"夏晓亮在哪里?"儿子指了指自己。他如释重负,又问:"x+y等于几?"妻子禁不住破涕为笑,在他屁股上亲昵地踢了一脚,嗔怒:"滚!"

这时,敲门声咚咚地响了。他打开门,只见父亲推着自行车站在门外,两鬓凝霜,风尘仆仆。他惊问:"您,您,您怎么来了?爸,您老人家不是说不要紧吗?"

父亲眉毛一挑,说:"你心疼儿子,就不许我心疼儿子?"

他心中顿时涌起万般柔情,但还是装着大大咧咧的样子,说:"瞧您说的,我又不是三岁小孩。"

像他小时候考试不及格那样,父亲掏出烟杆,在他脑壳上不轻不重地敲着,愠怒地说:"还嘴硬,弄狗屁面膜去吓我宝贝孙子,这不是三岁小孩干的事儿?"

他吓得赶紧往门后缩了缩,孩子一般红着脸,唯唯诺诺。

春天里

二十三岁的春天,我在故乡的一个小县城里胡混。无聊时,常坐在赣江边的码头上看女人们洗衣服。

春天的早晨,阳光明媚,空气干净,舒展的天空下,面对一江清水,我像个退休老干部一样,坐在废旧的码头上,望着脚底下一群洗衣浣纱的女人发呆。而几个真正退休的老干部,老僧入定,于江边嶙峋的怪石上垂钓。再远处,有牛在江堤上静静地嚼草,偶尔抬头不解地望着我。

我当时坐在那里,别看呆头呆脑,其实乐趣无穷。

首先是看衣。从洗的衣服,琢磨一个人的家境,还有她的实际年龄。少妇一般端个洗脸盆,三五件衣服,来去云一般婀娜,中年妇女则是上老下小,上班的读书的,大包大揽,满满的一大脚盆累得气喘吁吁。我还见过老妪洗丁字裤呢,鬼都知道,那是年轻的孙女或者小儿媳妇不知廉耻……

我浪费这么多笔墨,是想说明我在认识李小翘时,真不

温暖一条叫温暖的狗

是和那几个退休老干部一样,无所事事,还美其名曰修身养性来糊弄自己。李小翘当时很扎眼,脸色憔悴,头发枯黄,少有女人和她拉话,看起来有些孤独。我观察了几天,发现是那堆女人有意离她远远的,有意冷落她。从她洗的衣服来看,她有一个两三岁大的孩子,还有一个老太太,但没有老公或者老公不在身边。

一个早晨,阳光虚头虚脑,我依旧坐在码头上。李小翘蹲在江边的石阶上揉搓衣服,身子一倾一倾,不时露出她后腰上的一截白肉,还有红艳艳的内裤若隐若现。我正看得入神,这时从码头上冲下去一个老太婆,一把揪住她的头发,手指在她的鼻子上指指点点,嘴里破口大骂。这一切来得有些突然。李小翘面红耳赤地愣了一下,转而笑吟吟地看着老太婆,打不还手骂不张口,像一个小姑娘面对母亲在她头上找虱子一样乖巧温柔。旁边洗衣服的几个女人停下手里的活儿,意味深长地看,意味深长地笑。

我看不下去了,霍地站起来,在码头上一声断喝:嗨,老太婆,你讲不讲理?你不觉得自己太过分吗?我承认自己骨子里还是一个书生,对一个老人家不敢爆粗口,只能用文绉绉的反问句加强语气。老太婆一听,斜睨了我一眼,放下李小翘,转身奔我来了。她一边步伐稳健地往码头上蹿,一边对我骂开了:哪里来的野汉子,你以为你剃个光头,我就怕你呀!我吓得拔腿就跑。我的身后,一群女人嘎嘎的笑声,把江水震得一愣一愣的。

从此,只要我一出现在码头上,那群女人就议论纷纷,说我是李小翘的野汉子。我听了一点都不恼，笑眯眯地看着李小翘。我想我是爱上她了。李小翘呢，无视我的存在，依然撅着屁股在江边一翘一翘。

有一次，天气特别晴朗。李小翘蹲在江边足足翘了半个上午，被套、毛毯、过冬的衣服，堆积起来像一座小山，累得她喘不过气来。她拧被单的样子非常吃力，而这时，那群洗衣服的女人早走光了。我撅着两条瘦腿奔了下去，抓起被单的另一头，和她对拧起来。李小翘打量了我一眼，犹豫了一下，说，你每天这样，到底怎么啦？

我说，失恋了，她死了。

死了？

跟有钱的老板走了，和死了有什么区别。

李小翘的脸上抽搐了一下，转脸看着对岸。我们抓着一条绳一样的被单戳在那里，像江边两截拴船缆用的石头墩子，任由脚下的江水汩汩地冲洗。许久，她抿着嘴说，我知道你喜欢我，可我是个寡妇。

我目光坚定地看着李小翘，说，你还有一个孩子和婆婆，对吧？这些都不重要，我会善待他们，跟我走吧。

多年后一个春天，我和李小翘回过一次那里。同样是一江清水，除了几个垂钓的老人外，码头上冷冷清清。李小翘感慨地说，现在家家户户都有洗衣机，那群女人享清福了。我说，她们嘴太碎，都不是什么好东西。

李小翘说，可不能这样说，其实她们都挺好的。你当时剃个光头，愁眉苦脸地坐在码头上，她们整天担心你跳江自杀呢。

我听了乐不可支,说,我每天那么忙,日理万机,连洗头的时间都没有,哪有闲工夫玩跳江呀。

李小翘笑笑,说,最初,大家真是这样认为的,先洗完衣服的人,走时会叮嘱后来者,说把这个小伙子盯紧点,可不能让他寻短见!后来者洗完衣服等不及了,也要走了,又会叮嘱后后来者……

社会万花筒之中国微小说系列丛书

杭州巷10号

其实杭州巷10号并没有刻意躲避都市的喧嚣。

幸福路作为一条商业步行街，每天人流密集，其左边有一个非常不起眼的小岔口，叫平安街，顺着平安街进去百余米，一拐弯，眼前生出一条南北小巷，便是杭州巷。

杭州巷狭窄细长，仅容得下两人并行，麻石板铺就的巷道，伴随着墙脚湿湿的青苔，一直延伸到尽头。巷子两边的建筑，古朴，荒凉，被圈在高高的院墙内。透过门缝，可隐约窥见一些雕梁一些画栋，当然还有断壁残垣。小巷里，渺无人影，只有寂寞的风，顺着寂寞的巷道穿巷而过，轻轻吹拂着墙头几株寂寞的茅草。步行在小巷里，抬眼望去，四周就像一幅油画，挂在墙上，沉睡不醒。从时尚繁华的幸福路，到几个老头老太太猫在门口打盹的平安街，再到这古老幽深的杭州巷，类似经过时光隧道，从当代穿越到现代再穿越到古代。

温暖一条叫温暖的狗

我去的时候，时至深秋，碧空如镜。

上午的阳光嫩黄羞怯，在墙头瓦瓴上探头探脑，却无法照进小巷。行走在小巷里，头上是一片金灿灿的阳光，人却站在岁月的阴凉中。我此行的目的地是杭州巷10号，也是整个小巷唯一的住户。驻足10号门前，犹豫良久，那两扇厚重的木门还是被我轻轻地叩响了。

须臾，一个老太太站在门口。她的目光和善，完全没有都市人那种惯有的警惕。我结结巴巴地说自己是摄影发烧友，爱好用镜头来捕捉历史。老太太莞尔一笑，热情地把我迎进院内。

院子很大，里面种了不少花草。秋天的菊花开得正艳，颜色五彩缤纷，白如雪，粉似霞，而黄的，则黄得热闹，亦黄得伤感。院内飞檐斗角，回廊石阶，曲径通幽，流水潺潺。难以置信，在现代都市林立的高楼大厦脚下，竟然藏着这样的深居大院。

老太太精神矍铄，红光满面，来去如风，丝毫看不出有八十高龄。当我喝着她端过来的茶猜她六十出头时，老太太笑声朗朗，说她留学海外的儿子，现在还在世的话，明年将过六十大寿了。老太太说她姓李，从18岁结婚那年起，已经在这院子里生活了六十多年。六十多年里，女儿夭折，儿子客死他乡，佣人遣散，老伴过世，一个个亲人相继离去，昔日门庭喧闹的大宅子，最后只剩下她一个孤老婆子了。老太太说这话时表情恬淡，似乎是在谈论别人家的事情，看不出有任何的悲伤。

我问，这巷子为何叫杭州巷，和杭州有什么历史渊源吗？

老太太说，现在知道这巷子来历的人应该不多了。说来话长，早在清朝末年，有一批杭商集体迁移来此，他们开茶庄、丝绸店和当铺等，买卖做大了，赚钱了，在这里扎根，抱团买地置业，于是就有了这杭州巷。你可别小看这巷子，它可是当年这座城市的心窝窝呢。巷道之所以修得这么窄，就是为了减少闲杂人员的进入，无论多大的官来访，文官落轿，武官下马，就是皇帝来了，也得老老实实从巷子口步行进来，谁让它才三尺宽呢。说到这里，老太太得意地笑了。

我吃了一惊，没想到杭州巷在当年是如此的尊贵显赫。我问老太太，你也是杭州那边过来的？

不是。这宅子原先是一个姓刘的杭州人建的，开茶庄开酒楼，家大业大，但子女不肖，吃喝嫖赌，个个都是鸦片鬼，没几年光景便败得一塌糊涂，成了街上的叫花子。这宅子，是我家相公当年花了不少银元买下来的。你不知道，当年想嫁进杭州巷，是多少女子做梦都盼不到的好事呢。

望着老太太一脸甜蜜而略带羞涩的回忆状，我依稀看到了当年一个情窦初开的妙龄女子，红红的衣裳，红红的头巾，在喜庆的鞭炮声里，众星捧月一般，被浩大的迎亲队伍捧进了这杭州巷。

在杭州巷10号，如置身于山野的一处宅院里，都市的喧嚣和车流的嘈杂似乎已经远去。空气里，有阵阵花的清香，在明朗的阳光下，微微发酵。和老太太坐在一块儿喝茶聊天，真是一种享受，仿佛在翻阅一本巨大的历史书。

温暖一条叫温暖的狗

想起历史,我不由好奇地问,文革时,你们没受到冲击吗?

老太太愣怔了一下,转而淡然地说,新中国成立初期一切还好,但文革中被抄过几次家,说我们是大资本家。最后,这宅子是保住了,我老伴却被红卫兵活活打死了。这回答让我有些尴尬,我不好多说什么,默默地捧起茶杯,小心地喝茶。老太太的目光越过高高的院墙,停顿在远方的某一处,轻轻地叹了口气。

我拍了几张照片后,告别老太太,告别杭州巷10号,重新回到巷子里。阳光从天空泻下来,无遮无拦,小巷子里被岁月磨蚀得溜光如玉的麻石板,在阳光的照耀下生出耀眼的光亮。

我默默退出杭州巷时,一个磨刀师傅挑着担子正站在巷子口,高声叫喊着:磨剪子嘞,戗菜刀!他抑扬顿挫地叫喊声跌落在小巷里,溅起一巷子清脆的回音。磨刀师傅喊了数声,站了片刻,却没有走进小巷。

我回到单位。主任问我,老太太同意拆迁了?

我沮丧地摇了摇头。主任皱了皱眉。很显然,我这个刚被招聘进来的大学生第一天的工作,让他很不满意。

我默默地望着主任难看的脸色。他的身后,悬挂着这座城市的规划蓝图,上面一条条粗大笔直的线路,纵横交错,气势凌厉。

我向主任建议道,按照老太太目前的身体状况,是很难熬过这个冬的。要不,我们等到明年开春再说,如何?

主任沉默不语。

屋顶上的猫

春天就要来了。猫在不远处叫了起来。

只不过那猫的叫声过于悲恸,类似婴儿般号啕大哭,里面夹杂着满腔委屈和一生无奈,无休无止,昏天暗地,撒泼样用一种近乎神经质的疯狂,让周庄的午夜烦躁不安。

这对于居住在春来客栈的游客来说,简直是一场灾难。飞机,高铁,大巴,他们数千里迢迢,不辞辛苦,无非是想在这越夜越安逸的古香古色中枕水而眠,酣然入梦。可是,他们的美梦全让这猫叫春搅乱了。

第二天一大早,就有两个常住客退房搬走了,其他游客也是瞪着一双熊猫眼,纷纷向客栈的老板娘春兰表达自己的愤怒。春兰坐不住了,气呼呼地叫醒丈夫春来,去,你去说说你妈,养什么破猫,这客栈还开不开?末了,忍不住嘀咕了一句,想不到人老了老了,心思却不少。春来知道老婆的意思,无非是指前街的王二伯,两人孤男寡女,彼此意思很明显。最匪夷所思的是,

温暖一条叫温暖的狗

王二伯家里也养了一只猫，唉，公的，猫通人性。

春来找到娘时，正是晌午，老人在隔壁自家院子里晒太阳。年关的阳光，饱满，壮实，黄澄澄的，笼罩着整个小院。老人窝在椅子上打盹，时不时地，睁开眼睛看看猫。猫，灰不溜秋，乖乖地趴在屋顶的黑瓦之上，也在打盹，偶尔也睁开一双黄溜溜的圆眼睛，瞅一眼老人。猫的头顶，是天空，白云缱绻。

春来对娘说话的意思很简洁，赶紧把这罪魁祸首的猫撵走，否则游客会跑光了。一家人的吃喝，都指望这客栈嘞。临走，他也和老婆一样，小声嘀咕道，还是多为儿孙的脸皮想想吧。

猫毫不理会这人世间的曲直，到了晚上，依然是午夜，依然号啕不止。开始是在屋顶，看见老人拿竹竿来赶，嗖地一声蹿入夜色茫茫中，毫无踪迹。待老人刚进屋，它又在河边的老树上，远离着人群灯火，于夜幕下继续它长夜难捱的骚动。老人追赶了几次，便垂头丧气地坐在床上，一个劲儿地叹气，前世的老冤家，你把你那猫放出来会死啊？叹完气，关了灯，黑暗里一个人蒙着被子，呜呜地哭。不远处，猫在屋顶上叫得更欢了，严格意义上来说，是更为瘆人。周庄午夜的神经，在这猫叫春的声音里被无限膨胀，膨胀到让人的脑袋快要爆炸了。这次，不仅春来客栈顶不住了，就连住在周边几家客栈的游客也是义愤填膺。

天还未亮透，老人还在床上睡觉，春兰就旋风一般闯了进来，一边用竹竿撵着猫打，一边嘴里骂骂咧咧：猫躲在衣柜上，泪汪汪地看着老人。老人拦住春兰，郑重地说，我保证，它今晚不再叫了。春兰将竹竿摔在地上，一边走出屋一边回头往地上吐唾沫，呸，不要脸的东西！

又是晌午，老人和猫，一个在院子的椅子上，一个在屋顶，又是在晒太阳，偶尔，彼此对望一眼。老人默默地坐了好一阵，然后站起身，对猫招了招手。喵呜——猫亲昵地应了一声，奔入老人的怀里。

老人抱着猫进了里屋，坐在床上，拥入怀中嗯嗯嗯地哄着，像哄孩子睡觉一样。突然，老人一把扯过被子，捂在猫的头上，死死地勒住猫的颈脖不放。猫四条小腿拼命地乱蹬，蹬着蹬着，越来越慢。老人一迟疑，把手撒开，坐在床边大喘气。猫自个从被子里挣扎着爬了出来，一把蹿上屋顶，缩在屋顶的瓦垄里，委屈地看着老人。老人忍不住泪水涟涟，一边哭一边埋怨不争气的猫：没事你瞎叫什么？没事你瞎叫什么？

傍晚时，老人抱着猫出门了，她站在双桥上，对着河道尽头的一栋房子，忿忿地看了一眼，然后沿着河的另一头，夹杂在熙熙攘攘的游客之中，走进了镇人民医院。

医院里一位年轻的大夫听说老人要给猫找一种哑药，惊得不知所措。他不得不给老人解释，说这里是看人的医院，不看猫。看猫得去宠物医院。

宠物医院？宠物医院在哪里？

周庄没有，得去昆山，或者上海，您还是先去昆山找找吧，应该有的。

按照大夫的提醒，老人抱着猫，坐上了开往昆山的大巴。大巴启动的刹那间，老人扬起头，默默地看着车窗外的周庄。

车窗外，黄昏广大，人海如潮，世界在周庄的上空黑了下来。

关于小小说的思考（创作谈）

1

小小说，方寸之间，凸显大智慧。

小小说是最能体现作者功力的体裁。方寸之间，既要五脏俱全，又要浓淡相宜，还要精深而不肤浅，一般人是写不好的。

大部分人的通病是情节发展不够自然，结构不够精炼，平淡缺欠沸点，结尾散漫或者突兀，同时自己的生活阅历不够深厚，导致思想层面严重缺钙。

小小说，贵在自然和富有生活气息，然后是浓缩，最后是升华。

2

文字的质感、情感的传递和精神的共鸣，是一篇经典小

社会万花筒之中国微小说系列丛书

小说的三大要旨。

一篇小小说,如果没有思想的深度、文字的力度和情感的厚度,一味在眉飞色舞地讲一个俗套的故事,再平添几句感慨,说教一个道理,顺便为光明歌功颂德,那纯粹是在草菅文字。

简朴是真,平淡是善,随意是美。这是艺术包括文字的最高境界。艺术,玩不得花、来不得稀、掺不得假,应远离贫乏空洞的说教,远离虚伪的歌功颂德。文字的一切,当属情感之真实流露。

一味地堆砌与卖弄,是写文字者的通病。连自己都不知所云,这样的作品当然无法流传。

小小说应该去粗存精,短小精悍,惜墨如金,然字字珠玑,妙趣横生。文字间山山水水,犹如一道精致的点心,没几口就吃完,却回味无穷。

王奎山的小小说贵在简单如白话,而又耐读,意境深远。

天成,朴如玉,毋须雕琢,富有生活情趣和别致藏道,是一个以小小说为事业的写作者终极目标。

文章其实和书法一样,也讲究章法。不同的题材,有不同的语言风格和叙述方式。无章可循即成文。文章无须太多的腔腔调调,情感的真切流露,瞬间心生呼啸所成。

好文章贵在思想的质朴、遣词的精确和独特的章法。

3

我究竟想给读者展现一个什么样的人物,不应该由我归纳出ABCD来,而是通过小说的情节发展,让读者自己去感知。一篇优秀的小小说,是需要作者和读者来共同完成的。

小说毕竟是小说,不是浅层次的故事。小说首先是反映生活,通过生活塑造人物形象。人物形象有时可以很明确甚至单一,有时也可以模糊不清甚至多义复杂。生活的厚重,不是一两句话就可以简单定义的,我想人物形象也是如此。

很多作者喜欢给人物贴一个标签,喜欢弄主题思想,歌颂谁或者鞭挞谁,过分加入自己的情感。最终,揉面一样揉了半天,似乎只是在告诉读者,作者是一个好人。

4

真正的小小说的作家,会懂得潜藏自己,客观冷静地不动声色地去叙述,只是在干一个放电影的活儿,将一个个镜头铺陈开来,让读者自己去思索和回味。

小说无定式,我不想自欺欺人地留个光明的尾巴或者温暖的怀想,只想忠实地截取生活的一个横切面,记录生活的存在。写作者应该尊重生活瞬间复杂的转变,而不是人为地给人物贴上"高大全"的单一的标签。

5

今天，有几个人在凭良知孤独地写作？有几个人在用心做自己？太多的欲望波涛汹涌，吞没了很多时间的守望者。商业无处不在，摧枯拉朽，许多貌似喧闹的短暂的繁华，却让很多写作者把道德踩在脚下，用脚趾头进行思考和人生的盘点。

燃烧自己温暖读者，是一个作家与生俱来的写作良知与文字操守。作家的工作不完全是为了取悦当代，更多的是安抚历史的伤痛和众多心灵的浮躁。

尊重文字，尊重小小说，也尊重我们自己。